CW00433727

CONTEMPORARY SPANISH SHORT STORIES

VIAJEROS PERDIDOS

EDITED WITH INTRODUCTION & NOTES
BY JEAN ANDREWS & MONTSERRAT LUNATI

PUBLISHED BY BRISTOL CLASSICAL PRESS
GENERAL EDITOR: JOHN H. BETTS
SPANISH TEXTS SERIES EDITOR: PAUL LEWIS-SMITH

First published in 1998 by
Bristol Classical Press
an imprint of
Gerald Duckworth & Co. Ltd
61 Frith Street
London W1D 3JL
e-mail: inquiries@duckworth-publishers.co.uk
Website: www.ducknet.co.uk

This impression 2002

Introduction and Notes © 1998 by J. Andrews & M. Lunati
Otra vez la noche © 1985 by Editorial Anagrama SA, Barcelona
La infanta Ofelia © 1992 by Editorial Anagrama SA, Barcelona
Gualta © 1990 by Editorial Anagrama SA, Barcelona
Encuentro © 1987 by Javier Cercas and Quaderns Crema, SA
Salomé © 1988 by Lourdes Ortiz
Imposibilidad de la memoria © 1990 by José María Merino
Los dedos and *Trastornos de carácter* © 1992 by Juan José Millás
Borrador de una historia © 1993 by Antonio Muñoz Molina
Espejos; *Sirvientes*; *Nupcias* © 1993 by Manuel Vicent
A la hora en que cierran los bares © 1993 by Soledad Puértolas
Ausencia © 1994 by Cristina Fernández Cubas;
first published in Spanish by Tusquets Editores
Carne de ballena and *Esperando a Franco* © 1994 by Julio Llamazares

All rights reserved. No part of this publication
my be reproduced, stored in a retrieval system, or
transmitted, in any form or by any means, electronic,
mechanical, photocopying, recording or otherwise,
without the prior permission of the publisher.

A catalogue record for this book is available
from the British Library

ISBN 1-85399-460-X

Printed in Great Britain by
Antony Rowe Ltd, Eastbourne

CONTENTS

Un hombre recorre una ciudad al atardecer. Viajero habitual, proviene de un lugar lejano y es del todo extraño a unas calles donde el viento arremolina billetes viejos de lotería, hojas y colillas. En sus ojos hay tal expresión de fijeza desolada, que los transeúntes con los que se cruza le observan con sorpresa y hasta los vendedores ambulantes y los mendigos le miran con recelo, sin decidirse a interpelarle. El hombre no pasea: vaga, con las manos en los bolsillos, el cuerpo algo encorvado y un andar de largas y lentas pisadas. Se detiene a veces ante los escaparates, pero no contempla los objetos ofrecidos, sino la superficie del cristal, buscando un ángulo que le permita descubrir su propio reflejo, como para reconocerse.

José María Merino, *El viajero perdido* (Madrid: Alfaguara, 1990)

INTRODUCTION

What is a short story?

The short story is deeply embedded in modern literature and indeed in the mythology of popular culture. In classic Hollywood cinema, for example, the standard angst-ridden writer is not a poet but a short-story writer, struggling to retain enough personal and artistic integrity in corrupt surroundings to be able to complete a novel. James Stewart's Macauley Connor in George Cukor's *The Philadelphia Story* (1940) and George Peppard's Paul Varjak in Blake Edwards' 1961 film adaptation of Truman Capote's short novel *Breakfast at Tiffany's* are celebrated examples. At the end of each film the writers sacrifice careers and material comfort in order to be able to pursue their literary vocations – Hollywood's recognition of the importance of the voice of the independent writer in contemporary society.

Indeed, throughout the twentieth century short-story writers have been at pains to define their art, much more so than novelists, dramatists or even film makers. The following, after a brief examination of the emergence of the short story in Europe and North America, is an exploration of the writers' view of the genre.

Both the novel and the short story are rooted in the folk-tales handed down from generation to generation in societies where the written word has not yet gained precedence. A distinction has to be made, nevertheless, between folk-tales which recount episodes in the daily lives of folk characters and those which retell the characteristic myths and legends of a culture and linguistic community.[1] These latter, in European literary history, have formed the basis of the episodic romances of chivalry in the late Middle Ages which, in turn, paved the way for the modern novel. This was also episodic in its earliest manifestations: *Don Quijote*, for example. Those folk-tales which deal with the everyday lives of ordinary people, on the other hand, are the basis of the short story.

In Renaissance Italy and seventeenth-century Spain, the *novella* or *novela*, a short prose form, developed. It sometimes recounted the lives of ordinary people but usually dealt with nobles and aristocrats and often had a moral. Chaucer's *Canterbury Tales*, although in verse, is the major English example of this type of narrative and the best known Renaissance collection of prose *novellas* is, of course, Boccaccio's *Decameron*. From the Spanish Golden

Age, Cervantes' series of *Novelas ejemplares* is another of the major works in this canon. However, the modern short story has its roots more in the nineteenth-century Realist and Naturalist movements which were, to a significant extent, preoccupied with exploring the lives of peasants and the urban proletariat. The combination of folklorists' interest in cataloguing oral culture and novelists' desire to capture in fiction the behaviour of these people leads to the modern short story. Declan Kiberd argues that 'the short story has flourished in those countries where a vibrant oral culture is suddenly challenged by the onset of a sophisticated literary tradition. The short story is the natural result of a fusion between the ancient form of the folk-tale and the preoccupations of modern literature.'[2]

The short story has its origins in tales which tell of a single significant incident, or group of closely related incidents, in the life or lives of a character or group of characters. It is the transference of these oft-told yarns into literary form that creates the short story; a form which begins to take its modern shape in the middle of the nineteenth century with Gogol in Russia, Poe and Hawthorne in the United States, and Maupassant and Daudet in France. At that point Russia and the United States were somewhat on the periphery of European literature, but their writers had the strong oral cultures of the American pioneers and the Russian serfs and peasantry to draw upon. In France, the stories of Maupassant and Daudet were heavily influenced respectively by their Norman and Provençal roots, and the still vibrant folk cultures in those rather peripheral regions of France. The most famous of these early works – and the one most often cited as the first short story in the modern sense – is Gogol's *The Overcoat*, published in 1842: a simple tale about an impoverished, solitary clerk who dies of despair when his new overcoat is stolen from him and the authorities refuse to do anything about it. It reflects the common preoccupation among short-story writers of the time with exploring the lives of the unsung masses, the urban proletariat and the rural peasantry who were, of course, those closest to the folk-tale tradition, the source of inspiration.

The characteristics of the early short story are very much those of the folk-tale: the story is confined to a single character or closely related group of characters; it deals exclusively with one crucial experience in the life of this character or group; no information is provided which is not immediately relevant to the telling of this one episode; the story begins abruptly and ends in such a way that the reader is left to tie up the loose ends, and come to his or her own conclusions regarding the ramifications of what he or she has just read. The short story, in other words, requires the imagination of each individual reader to fill out what happens next in the lives of the characters after the story ends. Naturally, the amount left to the reader's imagination at the end varies as much as stories themselves may in terms of style, tone and structure, but it is nonetheless a distinguishing feature.

In the century-and-a-half since Gogol's *The Overcoat* was published, the short story has embraced as many settings, topics, lengths, linguistic styles, cultural fashions and types of literary experimentation as the novel. It is no longer rooted in folk-tale or the experience of the masses exclusively. It has grown to become a multifaceted reflector of contemporary life. However, as the short story has developed and expanded its range, its separateness has been steadfastly maintained by writers and critics alike. Unique among literary genres, the short story has always demanded and been accorded definition, usually against some or all of the competing genres of drama, the novel and film. This may very well be because it is the most recent of the written literary forms and the one with the least obvious parameters. Film, television, radio and video may be far newer but they are self-evidently different by virtue of their media. The distinguished Irish novelist and story-writer Elizabeth Bowen, in her landmark 'Introduction' to the *Faber Book of Short Stories*, published in 1958, offers an exemplary definition of the genre in exactly these terms of its difference from other forms:

> The short story is a young art: as we now know it, it is the child of this century. Poetic tautness and clarity are so essential to it that it may be said to stand at the edge of prose; in its use of action it is nearer to drama than to the novel. The cinema, itself busy with a technique, is of the same generation: in the last thirty years the two arts have been accelerating together. They have affinities – neither is sponsored by a tradition; both are, accordingly, free; both, still, are self-conscious, show a self-imposed discipline and regard for form; both have, to work on, immense matter – the disoriented romanticism of the age. The new literature, whether written or visual, is an affair of reflexes, of immediate susceptibility, of associations not examined by reason: it does not attempt a synthesis. Narrative of any length involves continuity, sometimes a forced continuity: it is here that the novel often too becomes invalid. But action, which must in the novel be complex and motivated, in the short story regains heroic simplicity.[3]

Writing from the vantage point of a generation which had experienced first-hand the rigours and tragedy of both World Wars, and, in Bowen's case the Irish War of Independence and subsequent Civil War, she has no choice but to denominate her age one of 'disoriented romanticism'. The idealism, humanism, pantheism and sheer celebration of the individual human imagination that was culturally the Romantic Movement across Europe also spawned nationalist and imperialist wars. The French Revolution, at the beginning of European Romanticism, turned into the Napoleonic Wars, the end of the nineteenth century witnessed the rise of Art Nouveau, the Aesthetic Movement, Cubism and Continental Modernism, but the new century began with the tense build-up to the First World War and then convulsed once more, barely twenty years later, into the Second. This time it was even more sinister: the Romantic ideal of the sovereignty of the individual imagination was tortured into a credo of Fascist elitism and used to carry out the ethnic cleansing and extermination of Jews, Gypsies, homosexuals, mentally and physically impaired people, and political opponents of all persuasions in the name of creating an impossible 'master race'. The writer is left to wonder how a set of such laudable, freedom-affirming ideals could have brought so much institutionalised destruction. Bowen observes that the 'new literature', the literature which responds mid-century to these traumas, 'does not attempt a synthesis'. In her opinion it cannot, because life in Western Europe can no longer be so easily understood as to be fitted into a coherent narrative. For this reason therefore, the novel loses its validity at times. In order to carry out its mission to explain, it may be forced to try to impose continuity, that is to say, a comprehensible interpretation, on a reality that is too confused and confusing. The short story, on the other hand, has none of this obligation. It is the ideal medium for our times because each one seeks to highlight a single tiny aspect of our confusing reality. It has no brief to explain, however. On the contrary, it should leave the reader at the end with more questions than answers.

On the same tack, the South African novelist and short-story writer, Nadine Gordimer, in 'The Flash of Fireflies', illuminates this point:

> Short-story writers have always been subject at the same time to both a stricter technical discipline and a wider freedom than the novelist. Short-story writers have known – and solved by nature of their choice of form – what novelists seem to have discovered in despair only now: the strongest convention of the novel, prolonged coherence of tone, to which even the most experimental of novels must conform unless it is to fall apart, is false to the nature of whatever can be grasped of human reality. How shall I put it? Each of us has a thousand lives and a novel gives a character only one. *For the sake of the form.* The novelist may juggle about with chronology and throw narrative overboard; all the time his characters have the reader by the hand, there is a consistency of relationship throughout the experience that cannot and does not convey the quality of human life, where contact is more like the flash of fireflies, in and

out, now here, now there, in darkness. Short-story writers see by the light of the flash; theirs is the art of the only thing one can be sure of – the present moment.[4]

Expanding on her striking image, Gordimer adds another all-encapsulating simile:

The short story is a fragmented and restless form, a matter of hit or miss, and it is perhaps for this reason that it suits modern consciousness – which seems best expressed as flashes of fearful insight alternating with near-hypnotic states of indifference.[5]

Ours is a 'fragmented and restless' century according to these two doyennes of their art and the short story is the literary form best suited to capture it, inevitably brief though that captivity may be. What then of the 'new' short story in the closing years of our century?

Our self-diagnosed condition of post-modernism – a recognition that all means of artistic and cultural experimentation have been exhausted and that art itself can no longer be considered to embody an approach to incontrovertible truth, but instead is a game from which both the producers and the recipients may derive pleasure – is still well served by Bowen's definition. By its recognition that communication is participation in a pleasurable game, not a search for an inalienable truth, our literature, if not our science or history or media, appears to have accepted that there is no longer any point in attempting to understand or find a solution that will explain late twentieth-century society through writing. Post-modernism has, to a large extent, resorted to re-working existing forms, usually in a knowing or slightly ironic way, as a means of expressing itself. If communication is a game and all games are circular, that is, repeated over and over again without moving on, then the manipulation of already familiar forms takes precedence over the search for new meanings or new forms which, by definition, do-not exist in the closed world of the game. Indeed, because of the dominance of form over meaning the short story may, in fact, be more at home in post-modernism than other literary genres precisely because its very integrity depends on the supporting architecture of the form itself. Bowen makes the crucial importance of form very clear. For her, the success of the short story hangs on 'the poetic tautness and clarity' of the language and the genre's 'self-imposed discipline and regard for form'. These are very powerful strictures for an era in which anything goes. The short story is unique among literary genres in that it ceases to be a short story as soon as even the minutest of its formal parameters is tampered with. Within post-modernism, therefore, it may be far less susceptible to subversion than any other literary genre. Additionally, its very fragmentary nature makes it an ideal medium for a disjointed age.

If it is a form apart, it is also true to say that the *métier* of short-story writing is also a calling apart. Good novelists, poets or dramatists do not necessarily make good short story writers and it is not, as is often the perception, a training ground for the would-be novelist. What then constitutes the special gift of the short-story writer? This is the answer according to the Irish author, Benedict Kiely:

> Words are to the writer's art much as bricks are to a house, and just as a house is not a home, a way with words will not, alone and of itself be sufficient equipment for a short-story writer. It isn't even his primary equipment. The short-story writer's basic and essential gift must be his approach to the material of life, his vision of the world about him, the outlook that is exclusive to him alone by virtue of his particular emotional and intellectual chemistry: in other words, his way of seeing; if his way of seeing is sufficiently individual, sufficiently differentiated, and if to it is added a gift of expression both average and out of the ordinary, then you have a short-story writer. A way of saying and a way of seeing are the flesh and spirit of the short story.[6]

Kiely's insightful definition might with as much justification be applied to a playwright or a novelist or a poet, with the caveat that since, as Bowen states, the short story must maintain the 'poetic intensity' and 'tautness of the language' all the way through and not let it lapse as a novel may, its author must have the qualities Kiely identifies in spades. The American short-story writer Maurice Shadloft elaborates:

> In the novel, for example, we may be able to get away with doing some things badly, so long as other things are done well, and write something reasonably or even entirely successful. But in the short story everything must be done well, and every element balanced, if the story is to succeed on any terms at all [...] the real challenge is [...] the endeavour to pull as much of life as a story can bear into the fewest possible pages: to produce, if possible, that hallucinatory point in which time past and time future seem to co-exist with time present, [...] a point which, like a stone tossed in a pool, sends ripples widening across all that we see and know, and all that we have never really seen and known, at the very instant that it sinks out of sight itself.[7]

From the form to writer and now at last to the content. What is the contemporary short story about? In the last twenty years or so critics have identified the emergence of the 'new' short story, complete with a set of preoccupations to mirror our individualist, fragmented, knowing, post-modern world. The American critic Susan Lohafer, for example, quotes from Elizabeth Bowen's 'After-Thought' a definition of the matter of the short story, as pertinent today as her definition of form: 'The short story, as I see it to be, allows for what is crazy about humanity; obstinacies, inordinate heroisms, "immortal longings"'.[8] Lohafer then refines this mid-century definition in the light of the 'new' as follows:

> What makes the 'new' short story different is its flattery of the self as the axis of a world. It may be a small world, a fake world, a tragic or a crazy one; it may be familiar, bizarre, tangible, abstract, reported or dreamed. It may be but the weirdest fragment, yet it will cast a rounded shadow on our minds. It will revolve on a self. Whose? A single character's often...[9]

This is a definition easily applicable to contemporary Spanish short-story writing. Indeed, it is this intense exploration of a single self that constitutes the basis of almost all the stories in this collection. The self, however 'weird', in each case is the 'axis of a world'; some of these worlds are historical, some fantastic, some straight out of everyday life. Each self too is a *viajero perdido*, a lost voyager trying to come to terms with the world he or she now inhabits. In Gordimer's terms, each tale is lit for an instant by the 'flash of fireflies' and, as Bowen requires, each maintains throughout, whatever its length, the requisite 'poetic tautness and clarity'. These are the 'new' short stories coming out of the Spanish tradition.

Changing perceptions of the contemporary Spanish short story.

Most reflections on the Spanish *cuento* begin with a criticism of the neglect that the genre has suffered at the hands of critics and publishers, followed by an eager defence of it – as if critics and authors alike assumed that the success experienced by the *cuento* in this new *fin de siècle*, and the formidable resilience it has shown down through the centuries, were not enough to prove its universal appeal and its enormous potential as a narrative form. In one of many possible examples, Santos Sanz Villanueva significantly begins his article 'El cuento de ayer a hoy', as follows:

Trazar la trayectoria del cuento español en castellano desde el fin de la guerra civil hasta nuestros días es referirse a una suma de desatenciones y hasta de deserciones. Ésa es, al menos, la impresión que sacaría un profano que indagara siquiera en la superficie de los tiempos recientes de este género. Su exploración, por somera que fuese, pondría ante sus ojos un rosario de lamentos que van de la queja impotente a la airada protesta. Con un denominador común: casi todo el mundo – entiéndase: creadores, estudiosos y críticos – está de acuerdo en que la situación ha sido mala, en que se ha vivido una ininterrumpida crisis. Esta afirmación coincide con otra en apariencia paradójica: el único que no tiene ninguna culpa es el propio cuento, víctima inocente de un entramado de negligencias y que puede aducir en su descargo tanto la existencia de excelentes piezas singulares como de persistentes y algo numantinos cultivadores.[10]

There is little doubt that the *cuento* has had to be extremely resilient for a number of reasons, one of the most serious being the need to overcome 'the anachronistic conception of the story as the novel's poor relation',[11] a prejudice which even now occasionally undermines its status[12] in relation to 'Nuestra Señora La Novela',[13] in what amounts to an unnecessary and often Draconian – commercial as well as literary – contest between the two narrative genres. Although the recognition of the short story as a genre with its own mechanisms of construction can be traced back to the nineteenth-century, it is not until the 80s and 90s of our century, a period to which we will refer as contemporary and to which all the short stories in this anthology belong, that a new and fashionable respect for the *cuento*, under the umbrella of the so-called *nueva narrativa española*, has developed. The great majority of writers accord the genre the same importance as other narrative forms. The response of certain critics has been far more ambiguous. It is not unusual to find, even among those cultural analysts who do not set out to belittle the short story, arguments which can hardly help to redress the balance: in 'El cuento y sus medios de difusión' Ramón Acín lists the writers who published short stories in *El País* in 1986 and 1987, 'el momento de mayor intensidad del [...] *auge* del cuento', and describes them as being 'en su mayoría, [...] novelistas de renombre más que cuentistas puros',[14] thereby introducing a distinction between *cuentistas puros*, that is to say, those who only write short stories, and those who are both novelists and short-story writers. This distinction seems to undervalue short stories written by novelists and does nothing to normalise the situation of the *cuento*, so often presented in apocalyptic terms. Indeed, it is only relevant when considered in the context of the recent, favourable, shift in Spanish publishers' attitudes towards the promotion of authors who are solely or primarily short-story writers. Moreover, novelists such as Álvaro Pombo, García Hortelano, Carmen Martín Gaite, Ana María Matute, Marina Mayoral, Juan José Millás, José María Merino, Antonio Muñoz Molina, Soledad Puértolas, Javier Marías, Vázquez Montalbán, Juan Marsé, Manuel de Lope and Javier Cercas, among others, have published excellent short stories, as have many great names before them: one only has to think of Gustave Flaubert, Emilia Pardo Bazán, Leopoldo Alas ('Clarín'), Joseph Conrad, James Joyce and Ernest Hemingway. Poets, such as Pedro Salinas and Felipe Benítez Reyes, to mention but two very different names, and playwrights, such as Lauro Olmo, have also done so. At the same time, some authors perceived mainly as *cuentistas*, like Enrique Vila-Matas, Cristina Fernández Cubas, Ignacio Martínez de Pisón, Pedro Zarraluqui or Luis Mateo Díez, are also well known for their novels. Limiting labels are always futile, but even more so when they reinforce differences based on prejudice.

The resilience of the Spanish short story has also been put to the test by questioning of the very use of the word *cuento*. Several reasons may be considered: the connotation of 'telling lies' the word has in more colloquial usage; the confusion which often arises between *cuento* and the roughly cognate terms *relato* and *narración*; and its association with fairy-tales or children's stories, the *cuento infantil*, a correlation with which many critics are distinctly uncomfortable. More often than not, though, this questioning has added very little to the elucidatory comments of Baquero Goyanes in 1949, in his pioneering study of the nineteenth-century Spanish short story.[15] One of the main bones of contention is a rather pointless preoccupation with the search for a precise term to designate the short story, acceptable to both critics and writers. The contenders are, obviously, *cuento*, *narración* and *relato*, sometimes qualified as *relato breve*. Certain critics, even those who do not discuss it, insist that there exists a problem 'de denominación, imprecisión, funcionalidad o impropiedad en el uso de uno u otro término'.[16] Yet this is less of a problem than it might appear. Although there are writers who distinguish between these terms to some purpose,[17] others use all of them without problematising the issue. A round-table discussion on the contemporary Spanish short story co-ordinated by Fernando Valls and published by *Ínsula*[18] provides a good example of this. To the question '¿Distingues entre cuento y relato?', which clearly was meant to suggest differences other than the purely terminological one, only Enrique Vila-Matas answered along the following lines:

> Lo que yo hago son relatos, y para mí el cuento está más ligado a
> lo convencional, como *Las mil y una noches*. Por eso prefiero el
> relato, donde la caligrafía, para mí, es más libre.

Cristina Fernández Cubas advocated total freedom for the genre, in terms of structure, ending, and so on, and clearly avoided the question of terminology. The rest of the participants, including Ignacio Martínez de Pisón, Pedro Zarraluqui and Juan Miñana, used *cuento* and *relato* throughout the discussion without distinguishing between them. It could be argued that *narración* is a rather vague term, in the sense that it can be applied either to a novel of any length or to a short story, while *relato* is understood by a significant majority of writers, critics and publishers as a good synonym for *cuento*.

However, where the short story has shown the strongest will to survive has been in its struggle against the systematic indifference of the great manipulators of readers' taste: publishers, with their commercial criteria, and the academic establishment which dictates the literary canon.

Against all the odds, the Spanish short story has re-emerged time and time again, proving wrong those critics who dismissed it as a second-rate genre.

The short story's paradoxical nature, that of 'extraño género [...], el más antiguo del mundo y el más tardío en adquirir su forma literaria',[19] its popular roots and the orality associated with the origins of the *cuento* (which, according to Baquero Goyanes,[20] delayed its written configuration) may very well constitute the factor that deprived the *cuento* of an unreserved recognition over the years in Spain, and caused it to play second fiddle to other literary genres. It is undeniable that the *cuento culto*, as it is sometimes called, has until recently been repeatedly overlooked and underrated, but like many other gifted outsiders has survived periods of oblivion thanks to two formidable allies: writers and readers, who have ignored, sometimes quite unconsciously, the literary establishment's narrow-minded view of this 'género corto, pero no menor', as José María Merino once rightly pointed out.[21]

Perhaps it is time that complaining about lack of support for the *cuento* should cease to be a feature of analytical approaches to the genre. It is clear that the perception of the short story, and of the writers who cultivate it, is undergoing a profound change. The *cuento* is becoming a fully-accepted narrative form. In 1985 Lou Charnon-Deutsch perceptively wrote:

> The story does not need, nor has it ever needed – except by those
> who were embarrassed by their fondness for it – to be defended; it
> simply needs to be studied more thoroughly.[22]

A careful look at what has been done in recent years seems to indicate that her advice was right. Not only has the Spanish short story been the subject of wide academic interest, but authors too seem more confident in writing short stories,[23] with significant backing from many publishers who no longer see the marketing of the *relato breve* as a lost cause.[24]

Looking back at the history of the Spanish *cuento*, several periods stand out. One of the best, as in many other European countries, is the nineteenth century (Baquero Goyanes points to the 1830s as the crucial decade for the revival of short narrative prose).[25] In this century, the genre experienced a splendid renaissance which lasted, not without changes, until the third decade of the twentieth century. As with the work of the French writers Maupassant or Daudet, the Russian Chekhov, or the American Edgar Allan Poe, to mention only some of the practitioners whose influence may still be traced in contemporary Spanish *cuentistas*, the nineteenth-century Spanish short story dispenses with an array of medieval strategies whose function was to string the short pieces together in a book. In the case of the fourteenth-century collection *El Conde Lucanor*, by Don Juan Manuel, the dialogue between *el conde* and his steward Patronio, who tells him exemplary stories as a way of satisfying his curiosity, performs this role.[26] The disappearance of this unitary thread prompts Baquero Goyanes to state that:

> el cuento aislado es un género literario moderno [...], el cuento decimonónico vive por sí solo, inserto en las páginas de un periódico, o coleccionado con otros del mismo autor, pero sin hilo argumental que atraviese y unifique las narraciones.[27]

Some contemporary *cuentistas*, however, insist on the importance of the book as a unit,[28] and do not perceive short stories as 'vagabundos solitarios', in the words of Ana María Matute,[29] or 'cuentos peregrinos' which end up in a collection after having had a solitary existence somewhere else.[30] Collections published by Cristina Fernández Cubas, Juan José Millás, José María Merino, Manuel Rivas, Laura Freixas, Martínez de Pisón, Soledad Puértolas, Agustín Cerezales, Lourdes Ortiz, Paloma Díaz-Mas, Pilar Cibreiro, Juan Eduardo Zúñiga and Antonio Pereira, among others, support this view of the book not just as a framework, but as a *locus* with a particular atmosphere and a unique structure. This trait, which is taken to the limit in books like *Siete miradas en un mismo paisaje*, by Esther Tusquets,[31] or *Escenas de cine mudo*, by Julio Llamazares,[32] and which reminds us of the structure of early novels (chivalric novels, *Lazarillo de Tormes*, *Don Quijote*), is, however, far less obvious in other collections, as in those of Antonio Muñoz Molina and Javier Marías.

In the nineteenth century, from realist – or naturalist – writers including Emilia Pardo Bazán, Leopoldo Alas ('Clarín'), Pedro Antonio de Alarcón, Juan Valera, Vicente Blasco Ibáñez, Armando Palacio Valdés, José María de Pereda, Luis Coloma, Octavio Picón and Antonio Trueba, some of them drawing heavily on oral and popular tradition, as in the case of Cecilia Böhl de Faber ('Fernán Caballero') for example, to post-Romantics such as Gustavo Adolfo Bécquer and *costumbristas* like Mesonero Romanos and Mariano José de Larra, many and varied were the Spanish writers fond of short narrative forms who were instrumental in establishing the modern tradition of the *cuento*. The role of the daily and weekly press in publishing and popularising short narrative cannot be forgotten, and it was as important in those days as it is now: *El Imparcial, El Contemporáneo, Semanario Pintoresco Español, El Museo Universal* and *Revista de España*, were among the key publications involved.

In the first decades of the twentieth century, authors connected with *Modernismo* and the *Generación del 98*, like Pío Baroja, Francisco Martínez Ruiz ('Azorín'), Miguel de Unamuno and Ramón María del Valle Inclán, *avant-garde* figures such as Ramón Gómez de la Serna and Benjamín Jarnés, and even those with a more popular streak like Wenceslao Fernández Flórez, produced a significant number of short stories. This was at a period when more than thirty periodicals specialising in short narrative – *El Cuento Semanal* (the most significant of them all, founded in 1907 by Eduardo Zamacois), *Los Contemporáneos, La Novela Corta, La Novela Semanal, La Novela de Hoy, La Novela de Noche, La Novela de una Hora, La Novela Libre, La Novela Roja, Cuentos del Sábado, El cuento azul*, etc. – were home to prolific short-story writers, from Pardo Bazán and other well-established nineteenth-century figures to progressive women writers such as Carmen de Burgos ('Colombine'), Eva Carmen Nelken ('Magda Donato'), Margarita Nelken and Federica Montseny.

In the 1930s, a decade which ended in the tragedy of the Civil War and the defeat of the democratically elected Republican Government, the short story entered a crisis which lasted well into the 1950s when *realismo social* became the predominant artistic current. For almost twenty years, under the prevailing trend of social realism, the *cuento* became a common narrative form for most writers committed to social and political change. Although some of their stories may now seem too dependent on the formal conventions of realism, or too influenced by the political demands imposed by the struggle against the Franco dictatorship, many novelists of the so-called *Generación de Medio Siglo* began their successful literary careers writing *cuentos* and publishing them occasionally in magazines or newspaper literary supplements. Carmen Martín Gaite, Juan Goytisolo, Ana María Matute, Juan Benet,

Introduction

José Manuel Caballero Bonald, Jesús Fernández Santos – and others with an almost exclusive dedication to the *cuento*, like Ignacio Aldecoa, Daniel Sueiro and Medardo Fraile – are but a few of the important names from this era. After the publication of Luis Martín Santos's *Tiempo de silencio* in 1961, there began a period of linguistic and generic experimentation in the novel, unquestioned until 1975 when Eduardo Mendoza published *La verdad sobre el caso Savolta*, a novel which restored credibility to plot and story-telling. Experimentation, however, was not so conspicuous in the *cuento*, which generally remained more faithful to realist forms up until the end of the 1970s.

The contemporary Spanish short story therefore has behind it a solid and varied tradition which helps to explain its current blossoming. To this, the invigorating influence of Latin-American short-story writers, known in Spain since the 1960s, such as Jorge Luis Borges, Julio Cortázar, Adolfo Bioy Casares, Juan Rulfo, Gabriel García Márquez, Mario Vargas Llosa, Juan Carlos Onetti, Augusto Monterroso and Horacio Quiroga must be added.

There are distinguishing characteristics, relevant in literary as well as in sociological terms, to be observed after 1975 in post-Franco Spanish narrative. On one hand, fiction benefitted from the years of formal and thematic experimentation (in which the masterly influence of Juan Benet is ever-present) and, at the same time, retrieved and celebrated the joy of telling a story, all the while fully conscious of the cultural tradition to which it belonged and fully incorporating it, often in an ironical, rather subversive way. As Robert C. Spires has rightly argued, throughout the 80s the focus of fiction increasingly moved away from examining the effects of the totalitarian régime to address issues of gender, identity, power and ideology, in a variety of ways.[33] On the other hand, the rapidly-changing socio-cultural context promoted certain very important developments: the gradually stronger presence of women writers, a growing respect for the *cuento* as a genre in its own right, and an increase in readership, particularly in the number of women readers.[34] Another particularly noteworthy phenomenon is the tendency, in Spain, to read more Spanish authors. In January 1995 a series of articles in the cultural pages of *El País* commented on the change of reading and book-buying habits among Spanish readers: 'se confirma la preferencia de los lectores por los autores españoles, que han desplazado notablemente a los extranjeros'.[35] Signs of this shift had been obvious throughout the 1980s and the role in promoting new and not-so-new writers played by newspapers and magazines has to be regarded as a decisive factor in helping it to happen. *El País* set the pace, but *La Vanguardia*, *El Heraldo de Aragón*, *El Mundo*, *Avui*, *El Periódico* and many others also bridged the gap between authors, no longer in their ivory towers, and the general public – a phenomenon certain critics would rather dismiss as a marketing exercise.

However, there is no doubt that this has encouraged more people to read. The short story has been one of the main beneficiaries and it is not a coincidence that some of the *cuentos* selected for this anthology were first published in the press.

'Los dedos', by Juan José Millás, for instance, appeared in a prestigious column on the back page of *El País*. Arguably the most widely read column in the history of Spanish jounalism, this is a flexible space visited by well-established writers, where it is equally possible to find both fictional *microrelatos* and sharp journalistic comments on current affairs. In 'Los dedos', as with other examples of very short short stories, such as *Los males menores* by Luis Mateo Díez,[36] the nature of brevity – so essential to the genre – and the way it challenges form is splendidly tested, since 'el cuento, como el poema, se basa en la intensidad', as Felipe Benítez Reyes said.[37]

Another symptomatic, and far more ambiguous, example of the importance of the press in the reception of the short story is the text by Julio Llamazares included in this anthology. It was published for the first time in *El País Semanal* (28 August 1993), under the title 'Carne de ballena', as part of a regular summer series in which many successful writers have been showcased: Rosa Montero, Almudena Grandes, Antonio Muñoz Molina, Maruja Torres, the Catalans Quim Monzó and Maria Mercè Roca, the Basque Bernardo Atxaga, the Galician Manuel Rivas, etc. A year later, Llamazares' text was converted into two chapters of his book *Escenas de cine mudo*, which was published with the word *novela* under the title.[38] The process followed by this text, although it has by no means affected its interest and appeal, is exemplary of the way potential short stories, with a fascinating and engaging existence of their own, have sometimes been adapted to fit into a wider framework called the 'novel', or of how chapters of future episodic novels are taken out and published independently as short stories in order to promote work in progress.

The three stories by Manuel Vicent offer quite a different example. As in the case of Millás' 'Los dedos', they were originally published in the back-page column of *El País*. Manuel Vicent included them in *A favor del placer* (1993), a book which is part of a series published by Aguilar in collaboration with *El País*, where, in a rather astute commercial operation, articles by successful contributors to the newspaper are reprinted.[39] *A favor del placer*, a title which reflects very well the sagely hedonistic tone of many of Vicent's writings, has a subtitle that is equally significant, although not without irony, given the wide audience devoted to the daily column: *Cuadernos de bitácora para náufragos de hoy*.[40]

Finally, here is another telling example provided by a periodical specialising in the *cuento*. Both 'Borrador de una historia' by Antonio Muñoz Molina, and 'Imposibilidad de la memoria' by José María Merino, were first published in the journal *Lucanor* before finding their way into a collection. While *Lucanor* can by no means be compared with the periodicals which popularised the genre in the decades prior to the Civil War (it appears twice a year and includes research as well as unpublished short stories), its contribution to the normalisation of the *cuento* as an independent literary genre is noteworthy.

Since the mid 1970s, contemporary Spanish narrative has become extremely varied: from post-modern reflections on history in texts where fictional and historical discourses blur their traditional differences, to self-reflexive writings engaging with literary and artistic traditions, to autobiographical introspections either fictionally masked as novels or openly exposed in diaries, to explorations into the fantastic employing approaches different from traditional ones – diversity is celebrated both formally and thematically. In the last twenty years the short story has fully participated in this celebration of variety and there seem to be no restrictions on its generic innovation. There have been several attempts to classify the plurality of current Spanish short-story writing, but even the most insightful of these attempts is flawed by a tendency to limit the number of possible interpretations.[41]

The stories selected for this anthology constitute a good example of the diversity of today's *cuento*, and a quick glance at them will, in our view, confirm this. The following is by no means an attempt to provide an unequivocal or conclusive reading for each one. Instead, we will try to underline what, in our opinion, constitute the most significant features and we will suggest possible lines of investigation to help the reader to engage in a full and personal exploration of the texts.

Ignacio Martínez de Pisón's 'Otra vez la noche' tells the tale of Silvia, a young music and literature student fascinated by night, secrets, and clandestine acts. Her world is permanently divided: between two boyfriends, the one she is attracted to, and the one who is attracted to her; between her existence inside and outside her bedroom, where she secretly keeps bats, themselves creatures of the night; between social daylight behaviour and nightmarish solitary life with the eerie companionship of aggressive or self-destructive bats. These bats may very well be a metaphor for Silvia's own fears and doubts. Robert C. Spires believes the story to be a parody 'del relato [...] de los crímenes de pasión. [...] una parodia fundada en la mezcla de lo realista y lo fantástico.'[42] Passion is certainly present in the bats' violence, in the constantly displaced triangle of lovers, in the self-seeking anxiety experienced by Silvia. A parodic reading of 'Otra vez la noche', however, is only one of many possible interpretations of this intriguing, intrinsically open-ended *cuento*.

As in the case of Silvia's bedroom taken over by bats, the textual spaces created by José María Merino in 'Imposibilidad de la memoria' and Juan José Millás in 'Trastornos de carácter' are other *casas tomadas*, to quote Julio Cortázar's influential short story.[43] In both we find characters who escape to another place without leaving their own private spaces. Houses are no longer claustrophobic cages but doors leading to another dimension, to another form of physical existence. Fernando Valls reads Merino's story in terms of

> los problemas que acarrea la pérdida de la memoria, y por tanto de la identidad, entre los miembros de aquella generación [...], que en los sesenta quisieron cambiar el mundo, contraponiendo un pasado militante a un presente banal.[44]

In 'Imposibilidad de la memoria', there is a close relationship between memory and identity, between a rapidly fading past – the photographs and documents from the protagonists' past become increasingly remote – and the search for an elusive identity in a new present, a relationship conveyed by a type of fantasy that does not separate the logical from the fantastic but blurs them. Javier disappears into thin air leaving only a tenuous trace behind – a cooler temperature and some chattering noises in one empty corner of the house – and only the woman who has loved him, and who at the end of the story follows his footsteps, can figure out what has happened to him. This pair of *viajeros perdidos* have been made invisible, banished to a painful condition of non-being, by the way they have lived their lives. They are unable to reinvent themselves in the present without sacrificing the past, but without the past they have no present, that is the impossibility.

'Trastornos de carácter' is where a recurrent and versatile character in Millás' writing, that of Vicente Holgado, appears for the first time. In Millás' own words:

> Se trata de un tipo neutro, y poseedor de una naturaleza inestable, ya que unas veces está casado y otras viudo, aunque lo normal es que permanezca soltero. Se alimenta de yogures y frutos secos, y odia el bricolage, aunque adora la mecánica. A veces, cuando se le reprocha su pereza para viajar, afirma que es más bello un cólico hepático que un atardecer africano. Detesta los animales domésticos, aunque en algunos cuentos tiene un gato, y en otros, creo, aparece con un perro. Se trata de un tipo inconcreto, aquejado, como diría un político, de un déficit de identidad; un tipo, en fin, que intenta sincronizar sus movimientos con los de la realidad sin conseguirlo. Vive de milagro, como todos, pero él a veces se muere, aunque enseguida resucita.[45]

His neighbour, whose flat is a mirror-image of Holgado's, is the narrator of this story in which Holgado travels through built-in cupboards until one day he gets lost and cannot return to his own. His travels may suggest different readings to different readers, but one of the best elements in this tale is the subtle introduction of the classic theme of the double. The 'relación especular' between the two flats points to more similarities or 'simetrías'.[46] When the dramatised narrator describes Holgado's way of life, his own does not seem very different. Holgado becomes the abyss into which he looks.

The theme of the double, so frequent in contemporary Spanish narrative, is openly and intertextually conjured up in 'Gualta' by Javier Marías. The tragedy of the narrator of this clever piece is that he finds a double, a mirror-image of himself, and he hates him. To his horror, he discovers that he and his double, Xavier de Gualta, act identically even when they try to differentiate themselves from one another. Only two distinguishing characteristics separate them: one is married to a stunningly beautiful woman while the other's wife is unremarkable; even more significant, in Spanish terms, one lives in Madrid and the other in Barcelona. The narrator's confrontation of his unwelcome other reveals an unsuspected dislike of himself, and his inability to establish a dialogue with his double, that is, to deal with those traits in himself he does not like, eventually proves to be self-destructive. The claustrophobic tones in which the theme of the double is dealt with by the nineteenth-century Anglo-Saxon writers alluded to at the beginning of the story (Edgar Allan Poe, Oscar Wilde, Robert Louis Stevenson) parallel the apparent impossibility of the narrator's escaping from his own personality and fate.

The body, another recurrent motif in Millás's *microrelatos*, may also provide a magical sense of adventure, as in 'Los dedos', when the narrator discovers that his – or her – toes are in fact little pencil boxes which contain crayons, a tiny colouring book, a little rubber, a minute ruler and a pencil sharpener. Freed from its inherent physical limitations and the obligations placed on it by society, the body becomes an explorer's paradise, a place where fun and freedom await the audacious traveller not afraid of taking up the challenge, even if an angry and demanding workaday world is left behind in the process.

The most adventurous body in the collection, though, is that of Paloma Díaz-Mas' 'La infanta Ofelia'. As is habitual in the self-reflexive writing of Díaz-Mas, here she plays with literary intertextual resonances. Blending Shakespearean and the Spanish Moorish ballad traditions, she uses the name Ofelia for the 'infanta mora' who loves swimming and sleeps in the water. Irony is the crucial ingredient in the parodic and humorous tone of this short story which ends with the king, her father, worrying about who he will find to marry such a princess, not an unusual thought for fairy-tale kings.

The poetic prose of Lourdes Ortiz deals with the myth of Salome in the story of the same title. Salomé becomes a feminist heroine in this revisionist version of the Biblical figure. Ambitious, passionate, a *femme fatale*, competing in cruelty with her mother Herodias, an object of desire throughout centuries of artistic representation, in Ortiz's story Salomé experiences an epiphanic moment of enlightment when 'los ojos de Juan traspasaron los [suyos]'. She realises that she is 'tan sólo cítara destinada a sonar cuando ellos la tañeran', and then she uses her body to lure Herod with a new self-assurance: she wants those eyes, Juan's eyes, because she desires knowledge. She is not the evil woman repeatedly trapped in a misogynist myth; she is a Salomé who, like other heroines in *Los motivos de Circe*, subverts the myth.

Antonio Muñoz Molina's 'Borrador de una historia', marries two elements of popular culture: *film noir* and pulp fiction. The shadows and greys of *film noir* are wittily reproduced in the style in which the story is told, with the classic ingredient of suspense translating the hesitations and insecurities of the main character, a writer of pulp novels. Guiltily ashamed of the way in which he supports his family and convinced that his wife would not approve, he spends long lonely hours writing in a bare and desolate office, his only companion his lurid imagination. As the story progresses the distinctions between the narrator's life and his fictional creations become increasingly hazy, the plot thickens and becomes more and more obscure, as in classic *film noir*. In the end it is not so much a mystery as a self-referential meditation on the act of writing.

The three newspaper columns by Manuel Vicent, 'Espejos', 'Sirvientes' and 'Nupcias', are an excellent sample not just of his writing but also of the flexibility of the genre. 'Espejos' provides a Kafkaesque picture of a world where bureacracy has attained such endemic proportions that the bureaucrats are not only typically difficult to communicate with, but, for the most part, are not actually at work at all. This is a critique of a society where the picaresque still thrives. The injustice deeply embedded in contemporary Western society is ironically conveyed in the testimonial snapshot of 'Sirvientes' where the servants, emigrants from Eastern Europe, are better educated and more civilised than their *nouveau rich* employers. In 'Nupcias', possibly the most postmodern of all the stories, the inversion of gender roles may be seen as a metaphor for the breakdown of other equally traditional patterns of behaviour in today's culture.

A testimonial reading may also be suggested for the two chapters of Julio Llamazares' *Escenas de cine mudo*: 'Carne de ballena' and 'Esperando a Franco'. Autobiographical memories re-written into fiction provide the basis for this text, which, of all the pieces in the anthology is the one which most clearly establishes a link with the realist tradition of mid-twentieth-century Spanish literature, both because of the presence of a child's centre of consciousness and its depiction of Franco's Spain. Two very different trips are remembered in the chapters from this book, in which the narrator's memories are triggered by a photograph album. In both journeys, *la Chivata*, the mining company minibus in the village where the narrator spent his childhood, is what links the experiences. In 'Carne de ballena', *la Chivata* takes him to the sea for the first time; in 'Esperando a Franco', it takes him to a main road along which a car carrying General Franco is expected to pass.

The terse prose of Soledad Puértolas builds up a carefully-plotted story, 'A la hora que cierran los bares'. The occasional presence in the narrator's life of a stranger he meets in a bar offers an opportunity for reflection on the passing of time. The stranger's accounts of his bizarre experiences – somehow reminiscent of a thriller – which become so significant in certain passages of this long story, displace the narrator's central perspective and convert him into an observer; so that his own life, which changes over time as much as the stranger's, although in a less spectacular fashion, becomes a somewhat marginal issue. This displacement ploy crops up quite frequently in Puértolas' stories and novels. In an apparently self-effacing manner, many of her dramatised narrators seem to focus their interest entirely on other characters' existences, weighing up the events they relate. In this way, they indirectly reveal more about themselves than might at first appear.

The narrators who follow most closely the Modernist tradition, in producing narratives of a more introspective nature, are those of Javier Cercas' 'Encuentro' and Cristina Fernández Cubas' 'Ausencia'. 'Encuentro' is a long, suicidal, but lucid and strangely calm monologue. Addressing his friend Carlos, the narrator recollects their childhood and adolescence together: the games, the books, the experiences of growing up, sharing the same sentimental education, and, finally, their love for the same girl. The non-linear narrative follows the meanderings of memory journeying through the past: when they were children, when they were students, when they fell in love with Claudia, when Claudia died. Love as a unique *raison d'être*, and its closeness to death, as in the Romantic tradition, is the most beguiling motif of 'Encuentro', but friendship also is a very powerful force in this elegiac tale of early death and suicide.

There is never anything too familiar in the stories of Cristina Fernández Cubas. This is certainly true of 'Ausencia' which deals with the identity crisis of a high-flying, forty-something female character. In 'Ausencia', Elena lives a day which appears different from others: she does not recognise herself in the mirror, she feels strangely remote from her own voice duplicated in the answering machine, her own name printed on a card does not help her to recognise herself and feel at ease. However, the short-lived freedom that this revealing moment of detachment brings about is eventually swallowed by her usual life. Elena's public persona regains control as she resumes her ordinary routine, pushing aside her confusing and yet illuminating morning of alienation, during which she is on the point of discovering another, inner self.

Chronology was one of the main criteria in our selection for this anthology. All the authors were born between 1941 and 1962, and all the stories were first published between 1985 and 1994. We had to discard many excellent *cuentistas* simply because we could not include everyone and while we would very much have liked to reflect the strength of women's writing in Spain at the moment by collecting an equal number of male and female writers, we found ourselves unable to do so for a variety of technical reasons. The authors and stories we have selected, nevertheless, constitute a representative sample of contemporary Spanish short-story writing. The twenty-odd years separating the youngest and the eldest provide a perspective on the growing strength of the *cuento* in Spain: when in 1980 Cristina Fernández Cubas finally found in Isabel de Moura (Tusquets) a sympathetic publisher for her first collection of unusual stories, her book had already been rejected by several other publishers. Just a few years later, however, when younger writers such as Ignacio Martínez de Pisón, Paloma Díaz-Mas, Javier Cercas or Manuel Rivas set about publishing their first books of short stories, the response from both public and publishers was enormously positive.

The vast majority of books dealing with the short story are anthologies and although with this collection we are simply adding a new title to the list, we would like to think that it will be attractive enough to awaken the reader's curiosity and interest in this malleable and engaging genre. We have subtitled it *Viajeros perdidos* because our second anthologising criterion was that of the lost voyager: the displaced being, wandering around in our increasingly more highly technologised, faster-moving, more impersonal environment, desperately searching for a place within it, and for a clue to his or her own identity. Not all the stories, of course, are set in the contemporary period but those which are not were chosen because of their alternative perspective, and because they too are part of the search.

NOTES TO THE INTRODUCTION

1. Declan Kiberd, 'Story-Telling: The Gaelic Tradition' in Patrick Rafroidi and Terence Brown, eds, *The Irish Short Story* (Gerrards Cross: Colin Smythe, 1979) pp. 13-23.

2. ibid., p. 13.

3. Elizabeth Bowen, 'Introduction' to *The Faber Book of Modern Short Stories*, in Charles E. May, ed., *The New Short Story Theories* (Athens: Ohio State University Press, 1994) pp. 256-62.

4. Nadine Gordimer, 'The Flash of Fireflies', ibid., pp. 263-7.

5. ibid., p. 265.

6. Benedict Kiely, 'Introduction' to David Marcus, ed., *The Bodley Head Book of Irish Short Stories* (London: Bodley Head, 1980) pp. 11-16.

7. Maurice Shadloft, 'The Hallucinatory Point', in *The New Short Story Theories*, op. cit., pp. 268-72.

8. Susan Lohafer, *Coming to Terms with the Short Story* (Baton Rouge and London: Louisiana State University Press, 1983) p. 13.

9. ibid., p. 12.

10. Lucanor, 6 (1991) p. 13.

11. Lou Charnon-Deutsch, *Nineteenth-Century Spanish Story: Textual Strategies of a Genre in Transition* (London: Tamesis, 1985) p. 13.

12. It is still possible to find examples of the ambivalent space conceded to the *cuento*: in reviewing the latest collection of short stories by the poet Felipe Benítez Reyes, *Maneras de perder* (1997), Miguel García-Posada ends his otherwise positive appraisal with these words: 'Un conjunto elegante, imaginativo, riguroso, contenido, que confirma las buenas cualidades de su autor, a quien me gustaría, no obstante, ver pronto empeñado en empresas de mayor tonelaje', *El País* (Babelia), 21 June 1997, p. 13. The writer Almudena Grandes said in an interview soon after publishing her first book of short stories, *Modelos de mujer* (1996): 'El cuento no es un género en sí mismo, sino el formato de un género que es la narración. Yo soy novelista. Soy más feliz escribiendo novelas', *Cambio 16*, 25 March 1996, p. 71; Isabel Román Román (University of Extremadura) offers a very sceptical, partial view of the circumstances surrounding the success of the contemporary Spanish short story in 'La picaresca del cuento contemporáneo', *JHR*, 2 (1993-4) pp. 416-22.

13. Rafael Conte, 'En busca de la moral perdida', *Leer*, 76 (1995) p. 50.

14. Lucanor, 6 (1991) pp. 67-82.

15. Mariano Baquero Goyanes, *El cuento español en el siglo XIX* (Madrid: Anejo L, *Revista de Filología Española*, 1949) pp. 19-74. There is a revised edition by Ana L. Baquero Escudero, *El cuento español: del Romanticismo al Realismo* (Madrid: CSIC, 1992).

16. Ramón Acín, op. cit., p. 67.

17. In 'Basta de cuentos', *Las Nuevas Letras*, 8 (1988) p. 67, Fernando Quiñones thinks that one way of dignifying the genre would be to call it *relato* or *narración*, and to call the short-story writer *narrador*. In our opinion this would be highly confusing and it would be tantamount to disowning terms such as *cuento* and *cuentista*, which are widely used and have a fascinating tradition behind them. Antonio-José Rioja Murga, on the other hand, insists on the need to vindicate the word in 'Vindicación del término cuento', *Lucanor*, 9 (1993) pp. 49-55. Most of the recent anthologies of short stories published in Spain bear in the title the word *cuento*: *Cuento español de Posguerra*, ed. Medardo Fraile (Madrid: Cátedra, 1992); *Cuento español contemporáneo*, ed. Ángeles Encinar and Anthony Percival (Madrid: Cátedra, 1993); *Antología del cuento español 1900-1939*, ed. José María Martínez Cachero (Madrid: Castalia, 1994). In *Son cuentos: Antología del relato breve español*, ed. Fernando Valls (Madrid: 1993), title and subtitle include both words (*cuento* and *relato*), using them indistinctly, which is exactly what most practitioners and critics do.

18. Fernando Valls, 'De últimos cuentos y cuentistas', *Ínsula*, 568 (1994) pp. 3-6.

19. Mariano Baquero Goyanes, ed., *Antología de cuentos contemporáneos* (Barcelona: Lábor, 1964), 'Estudio Preliminar', p. xxi.

20. ibid.

21. José María Merino, 'Género corto, pero no menor', *La Vanguardia*, 16 November 1990.

22. Lou Charnon-Deutsch, op. cit., p. 13.

23. In the early 1980s several collections of *cuentos* by a single author went a long way towards earning respect for the genre and influenced the approach of publishers towards it, among them the first two books by Cristina Fernández Cubas, *Mi hermana Elba* (Barcelona: Tusquets, 1980) and *Los altillos de Brumal* (Barcelona: Tusquets, 1983); José María Merino's *Cuentos del reino secreto* (Madrid: Alfaguara, 1982); Soledad Puértolas' *Una enfermedad moral* (Madrid: Trieste, 1982); Pilar Cibreiro's *El cinturón traído de Cuba* (Madrid: Alfaguara, 1985) and *Doce relatos de mujeres*, ed. Ymelda Navajo (Madrid: Alianza, 1982), an anthology of women writers. The reception granted to these collections was crucial for younger short-story

writers, such as Ignacio Martínez de Pisón, Pedro Zarraluqui, Paloma Díaz-Mas, Laura Freixas, Mercedes Abad, Agustín Cerezales, Javier Cercas and José Antonio Millán, who started publishing their first collections of stories in the second half of the decade. It is not surprising therefore that in 1988 no less than four different journals dedicated monographic issues to the Spanish *cuento: Ínsula*, 496; *Monographic Issue*, vol. IV; *República de las Letras*, 22; and *Las Nuevas Letras*, 8. It was also in 1988 that *Lucanor: Revista del Cuento Literario*, a journal which includes 'creaciones e investigación' (as it states on the cover) was created.

24. In the 1970s Alianza Editorial had already started publishing the *Cuentos completos* of many writers of the *Generación de 1950*: Ignacio Aldecoa (1973), Juan Benet (1977), Carmen Martín Gaite (1978), Juan García Hortelano (1979), Antonio Ferres (1983), Fernando Quiñones (1987), and Medardo Fraile (1991), as Fernando Valls notes in 'El renacimiento del cuento en España', in *Son cuentos*, op. cit., p. 12. More recently, other publishers have revised some of these collections: Anagrama collected the stories of Carmen Martín Gaite in 1994, Alfaguara has done likewise with Ignacio Aldecoa (1995) and Juan García Hortelano (1997), whose stories are published in the same series as the *Cuentos completos* of Julio Cortázar (1994) and Juan Carlos Onetti (1994). The revised collections clearly indicate that these books sell, and that the *cuento* is a popular choice. Other significant publishers backing the genre are Tusquets, Hierbaola, Sirmio/Quaderns Crema and Siruela.

25. Mariano Baquero Goyanes, 1949, op. cit., pp. 175-99.

26. The pilgrimage to Canterbury, with the pilgrims telling stories to each other, is the thread that binds all the stories in Chaucer's *Canterbury Tales*; the Florence plague, which makes its citizens escape and take refuge outside the city, where they tell stories to entertain themselves, is the thread that performs a similar function in Boccaccio's *Decameron*, both collections from the fourteenth century. Similar strategies are to be found in earlier oriental collections, such as the *Arabian Nights*, or *Calila e Dimna*.

27. Mariano Baquero Goyanes, 1949, op. cit., p. 84.

28. See Fernando Valls, 1994, op. cit., pp. 3-4.

29. Quoted by Enrique Vila-Matas in Fernando Valls, 1994, op. cit., p. 3.

30. See Gabriel García Márquez, *Doce cuentos peregrinos* (Madrid: Mondadori, 1992).

31. Barcelona: Lumen, 1981.

32. Barcelona: Seix Barral, 1994.

33. Robert C. Spires, *Post-Totalitarian Spanish Fiction* (Columbia and London: University of Missouri Press, 1996).

34. For a very interesting sociological analysis of this particular aspect, see Enrique García Calvo, *La era de las lectoras: El cambio cultural de las españolas* (Madrid: Instituto de la Mujer, 1992).

35. Rosa Mora, 'Los autores españoles vencen a los extranjeros', *El País*, 6 January 1995, p. 32.

36. Madrid: Alfaguara, 1993.

37. See the back cover of his collection of short stories, *Maneras de perder* (Barcelona: Tusquets, 1997).

38. Barcelona: Seix Barral, 1994.

39. In a good-humoured but indicative gesture Eduardo Haro Tecglen entitled his: *¡Qué estafa!* (What a swindle!).

40. *Cuadernos de bitácora para náufragos de hoy* (A Captain's Log for the Shipwrecked of Today).

41. See, for example, Ana Rueda, 'El cuento español: balance crítico de una década', *Ojáncano*, 5 (1991) pp. 3-12, and Nuria Carrillo, 'La expansión plural de un género: el cuento 1975-1993', *Ínsula*, 568 (1994) pp. 9-11.

42. Robert C. Spires, 'La estética posmodernista de Ignacio Martínez de Pisón', *ALEC*, 13/1-2 (1988) p. 29.

43. See 'Casa tomada', in Julio Cortázar, *Cuentos completos*, vol. I (Madrid: Alfaguara, 1994) pp. 107-11.

44. Fernando Valls, 1993, op. cit., p. 27.

45. Juan José Millás describes his character on the back cover of his second book of *cuentos*, *Ella imagina* (Madrid: Alfaguara, 1994).

46. 'Simetría' is the title of another short story by Juan José Millás collected in *Primavera de luto y otros cuentos* (Barcelona: Destino, 1992) pp. 57-64.

IGNACIO MARTÍNEZ DE PISÓN

Born in Zaragoza in 1960, Martínez de Pisón now lives in Barcelona. He graduated in Hispanic and Italian Philology and writes regularly for newspapers and magazines. His work includes three novels: *La ternura del dragón* (1984, Premio Casino de Mieres), *Nuevo plano de la ciudad secreta* (1992, Premio Torrente Ballester) and *Carreteras secundarias* (1996); and three collections of unusually long short stories: *Alguien te observa en secreto* (1985), *Antofagasta* (1987) and *El fin de los buenos tiempos* (1994).

Otra vez la noche

Desde niña le habían fascinado los secretos, los pequeños actos clandestinos y, aún más que ellos, los emocionantes rituales que los acompañaban y envolvían, ese recluirse en penumbras aledañas al misterio, ese obstinado frecuentar una intimidad distintiva, ese dulce confabularse con la fantasía en busca de una estrategia de falsedades que encubrieran o arroparan su pequeño mundo propio e insustituible.

La noche, una forma peculiar de la noche que sólo Silvia estaba capacitada para reconocer en cualquier lugar y cualquier hora del día o mes del año, había sido siempre el único testigo de sus vivencias secretas; la mentira, el principal cómplice de sus ocultamientos. Todavía ahora, recién franqueada la primera veintena, seguía creyendo en la existencia de una noche exclusiva, una noche propicia pero absorbente como una amistad que no admite ser compartida. Y todavía ahora recurría con deleite al juego de la simulación y la mentira para esconder amorosamente sus secretos.

Qué delicioso instante de excitación vivió la mañana en que, creyéndose sola en el piso, acudió a la galería y allí fue sorprendida por Alfonso mientras recogía cucarachas muertas de debajo del fregadero y las guardaba en un bote de yogur vacío. El susto que le produjo la inesperada voz de su amigo a su espalda («¿te las vas a comer a la plancha o en su salsa?») duró apenas un segundo, un hermoso segundo tras del cual ella acertó a componer una sonrisa resuelta y a inventar un pretexto apócrifo cuya credibilidad la satisfizo: «No seas bobo. Un chico que conozco me ha pedido que le guarde todos los bichos muertos que encuentre en el piso. Creo que está haciendo un estudio para una empresa que quiere sacar un nuevo insecticida.»

Minutos después, ya en su habitación, disfrutó recordando la escena. Era como si creyera haberse expuesto a un grave peligro y se sintiera orgullosa de haberlo sorteado con una intuición genial. Pero, en realidad, no podía ignorar que el riesgo había sido mínimo, tan insignificante como el secreto que estaba en juego.

1

Ese mismo día, en el bar de la Facultad se encontró con Alicia, una antigua amiga a la que apenas había visto desde que ésta se decidiera a cambiar la Filología por la Biología, y aprovechó para hacerle algunas preguntas sobre las costumbres de los quirópteros.[1] Alicia no sólo no supo contestarlas, sino que además consiguió incomodarla con sus indagaciones sobre el motivo de tan extraño interés. «Es para un artículo sobre literatura de terror. Vampiros y todo eso», respondió con desgana Silvia, que en su interior se reprochaba no haber acudido directamente a la biblioteca a consultarlo.

El jueves, después de la clase de Armonía en el Aula de Músicos, estuvo a punto de cometer un error imperdonable. Francesc la retuvo unos minutos para ejecutar ante ella un solo que había compuesto la noche anterior y Silvia, mientras escuchaba el nervioso fraseo del saxo soprano, observaba los rasgos suaves, casi infantiles de ese chico, al que hacía apenas una semana que conocía. Ella sentía aquella noche una vaga inclinación a la confidencia y, aunque la conversación posterior se inició con un elogio a Wayne Shorter,[2] a quien Francesc imitaba inconscientemente, no tardó en derivar hacia temas más personales que acaso Silvia imponía sin saberlo. Fue ella misma la que se expuso imprudentemente al peligro cuando confesó haber descubierto en sí misma cierto instinto maternal. Por fortuna, la sonrisa quizás irónica, quizás burlona de Francesc la hizo desistir de hacer más declaraciones confidenciales. Adujo una vulgar evasiva, algo sobre el cariño que profesaba a cierto sobrinito, y cerró el estuche de su instrumento mientras se decía que había sido la primera vez que había sentido tentaciones de compartir con alguien alguno de sus secretos.

A quien, desde luego, no deseaba comentar nada era a su madre, que, como cada semana, la telefoneó para preguntar si necesitaba dinero y si había novedades. Silvia contestó que todo seguía igual de aburrido que siempre y su madre, en tono cariñoso, le recomendó que intentara cambiarse a una habitación más soleada, mejor ventilada. «Yo misma elegí ese cuarto porque es el más apartado del resto de la casa, el único en el que puedo ensayar sin molestar demasiado», fue la respuesta de Silvia.

Pero no, en realidad ella no había elegido su habitación: la había tenido que coger por fuerza, ya que era la única que seguía desocupada cuando fue a vivir a ese piso con Alfonso, Patxi y Pauline. Y aunque los primeros días le había desagradado por oscura, interior y difícil de ventilar, ahora comprendía que sus proporciones extraordinarias, su exceso de muebles y su peculiar distribución hacía de ella una habitación singular, enigmática, propicia a los pequeños misterios y a la ensoñación. Y, en todo caso, aquella estancia parecía hecha a propósito para albergar esa dimensión de la noche que Silvia creía de su exclusiva propiedad, una noche que se había revelado cansada y tediosa hasta que comenzara todo este asunto.

Había ocurrido el martes a eso de las nueve, a la salida de la clase de Educación del Oído.[3] Llovía de forma tan tenue que no era fácil dilucidar si se trataba de lluvia fina o de niebla espesa. Francesc, quizá más movido por su exquisita timidez que por pretensiones galantes, se ofreció a acompañarla con su paraguas hasta la parada del autobús. Una vez allí, se despidieron con una sonrisa y Francesc volvió sobre sus pasos en dirección a su casa. Silvia esperó hasta verle internarse en una calle lateral y reemprendió su marcha canturreando *Georgia on my mind*.[4] El piso estaba lejos, pero le gustaban el olor de la lluvia y las calles desiertas.

Fue poco después cuando descubrió el pequeño bulto oscuro que se removía en un charco. El animalito hacía desesperados esfuerzos por recuperarse, por llegar a suelo seco, pero sus movimientos eran en vano y a Silvia aquel murciélago herido le recordaba las abejas moribundas que giran y giran tripa arriba. Lo recogió con sumo cuidado y amorosamente lo protegió con su gabardina, al calor de su pecho.

Lo primero que hizo cuando llegó a casa fue prepararle un lecho con un jersey viejo. Observó después sus heridas: le pareció que dos de sus largos dedos estaban rotos y que la membrana se había desgarrado. Lo limpió con algodón empapado en alcohol y el animalito lloriqueó casi como un niño. Improvisó un extraño cabestrillo con vendas y trozos de lapicero y le dio a beber en un platillo un poco de leche caliente, que el murciélago consumió con avidez. Después le susurró que intentara dormir y aquel bicho con cara de ratón feo debió de entenderla, porque no tardó ni cinco minutos en obedecer.

Aquella misma noche consultó el diccionario. Los murciélagos son quirópteros insectívoros, eso fue prácticamente todo lo que averiguó. No era mucho, pero al menos le sirvió para decidir dos de las cosas que haría a la mañana siguiente: buscar más información en la biblioteca y recoger todos los insectos muertos que encontrara debajo del fregadero. Naturalmente, Silvia no podía imaginar que Alfonso la sorprendería entregada a esta actividad ni que, dos días más tarde, sentiría una casi irrefrenable tentación de compartir su secreto con cierto compañero de Aula.

Tras estos acontecimientos, la vida de Silvia recobraría, al menos en apariencia, su curso normal: sus clases de Literatura en la Facultad y de música en el Aula, sus ensayos de los sábados, sus aburridísimos ejercicios de lectura de partituras, la tenacidad de su regreso a ciertos cuentos de Cortázar[5] o a ciertos poemas de Barral[6] o Aleixandre.[7] Sólo el cariño maternal que el murciélago le inspiraba y su preocupación por la evolución de sus heridas mitigaban ese tedio que tanto había insistido en mortificarla.

Silvia no habría creído a aquel animalito capaz de albergar afectos si no hubiera tenido sobrada evidencia de la leal gratitud con que era correspondida y si ésta no hubiera aflorado en más de una ocasión de forma espontánea y generosa, sin la comparecencia de ningún motivo inmediato, ninguna suave caricia en el tórax, ninguna ración extra de leche ofrecida en la palma de la mano.

De la rápida recuperación de sus heridas sólo había una cosa que la entristeciera, la certidumbre de que habría de devolverle la libertad tan pronto como estuviera en condiciones de volar y procurarse por sí mismo sus alimentos. Por eso, el día en que le quitó el vendaje, había alimentado en tal medida su anhelo íntimo de que la curación no fuera completa que ella misma no pudo ignorarlo y se arrepintió de su propio egoísmo.

El murciélago había sanado por entero y, aquel mismo día, Silvia lo encontró durmiendo colgado cabeza abajo del respaldo de una silla. Había dejado la ventana abierta, pero el animalito no parecía muy interesado en recuperar su libertad perdida.

La convivencia se desarrolló durante una semana en amable y feliz armonía, únicamente deslucida por la incompatibilidad del murciélago y sus ensayos con el saxo y por su díscola obstinación en dormir colgado del respaldo, a pesar de que ella había habilitado para él todo un cuerpo del armario, con confortables y numerosas perchas. Silvia admitió, en cuanto a lo primero, que no era una buena ejecutante y decidió no volver a ensayar mientras su diminuto compañero permaneciera en la habitación, sobre todo porque tampoco ella podía soportar los chillidos que emitía cuando la música lo asustaba. Por el contrario, no estuvo dispuesta, en cuanto a lo segundo, a aceptar que el animal despreciara el cómodo habitáculo que con tanto primor había dispuesto para él en el armario. Cada día, cuando regresaba a casa, si no lo encontraba revoloteando alegremente en la oscuridad de la habitación, lo hallaba dormido en el respaldo de la silla. Esto la indignaba y, apenas lo veía en tal postura, lo cogía y, sin cesar de amonestarle, lo conducía a las perchas que constituían su domicilio oficial.

Fue precisamente una de estas ocasiones la que le proporcionó una desconcertante sorpresa. Eran cerca de las seis de la tarde. Silvia entró en la habitación, dejó descuidadamente su carpeta sobre la cama y se aproximó a la silla, donde el murciélago descansaba con total despreocupación. «Eres un desobediente, voy a tener que castigarte», le decía, al tiempo que lo descolgaba con suavidad para llevarlo al armario, «ya te has quedado sin tu ración de leche, por mal comportamiento». Para reprenderle de esta forma, se lo había acercado a los ojos y fue por esto por lo que no tardó en comprobar que la cicatriz de la membrana había desaparecido... ¡Éste no era su murciélago! En un acto instintivo, lo soltó, lo dejó caer, pero el animal no llegó a tocar suelo porque, antes de que esto ocurriera, ya había iniciado su vuelo nervioso de una esquina a otra de la habitación.

4

Ese día, su murciélago se había decidido, por fin, a dormir en su percha. Silvia miraba perpleja el interior del armario y después miraba al otro animal, que no cesaba de revolotear por la estancia. Se sentó en el borde de la cama, no acababa de creer en lo que veía.

Esa misma tarde, al entrar en la clase de Armonía, Francesc la saludó con una hermosa sonrisa y se sentó a su lado. Aunque esto no pudo sorprenderla, ya que desde el comienzo del ciclo habían ocupado siempre esas dos mismas sillas, Silvia le observó con alegre interés. Fue a mitad de la clase cuando él se aproximó y le hizo algún comentario al oído, rozándole con suavidad la mejilla, y cuando ella experimentó una dulce sensación en la espalda y comprendió que aquel chico la atraía.

Al salir del Aula, tomaron café juntos en un bar cercano y Francesc no cesó de hablar de música. Silvia sabía que era muy tímido y que tardarían en intimar.

Esta situación se prolongó durante varias semanas. Algunas mañanas quedaban para tomar el aperitivo juntos, el sábado ensayaron un dúo de saxos al estilo dixieland,[8] otro día recorrieron el barrio chino buscando tiendas de instrumentos de ocasión. A Silvia le enternecía la indecisión de Francesc, tenía la certeza de que no la besaría hasta que ella se lo pidiera o de que, cuando fuera a hacerlo, cometería la torpeza de pedir permiso o disculparse.

Era agradable recordar todo esto en las noches de insomnio, cuando ya la lectura era el difícil cómplice que debelaba sus párpados, pero cuando aún la dulce intensidad del día se resistía a abandonarla. Tal vez fue a causa de la vaga felicidad que la invadía el que admitiera sin ningún signo de contrariedad ni de extrañeza la llegada de dos nuevos murciélagos, que aparecieron de forma inexplicable en la habitación mientras ella intentaba conciliar el sueño. Simplemente los miró, después cerró los ojos y sonrió. Le gustaba sentir cómo revoloteaban sobre su cama.

Pronto empezaron a besarse aprovechando los tramos oscuros entre farola y farola. Silvia pensaba que todo sería perfecto si Francesc no se comportara con la inseguridad de un niño cada vez que pretendía explicar que lo suyo no era más que una buena amistad. «Naturalmente, qué te habías pensado», respondió ella despechada en cierta ocasión.

Ese mismo día Alfonso apareció por casa con un tablero y un juego de piezas de ajedrez que acababa de comprar. Organizaron aquella noche el «Primer Torneo Internacional de Nuestro Sucio y Desordenado Piso», en el que destacó Pauline, que derrotó con una facilidad casi humillante a Silvia y a Alfonso. La gran final la disputaron ella y Patxi, y duró hasta casi las seis de la madrugada. Silvia se durmió a mitad, con la cabeza apoyada en el hombro de Alfonso. Cuando despertó, éste la sostenía agarrada por la cintura. Se levantó, felicitó a Pauline, la campeona, y se dirigió, más dormida que despierta, a su habitación. Sin desvertirse, se echó sobre la cama y lo último que hizo antes de dejarse llevar por el sueño fue intentar contar cuántos murciélagos revoloteaban en ese instante por el dormitorio. ¿Eran ya siete u ocho? Quizás sólo seis, qué más daba...

Al día siguiente Francesc no intentó besarla. Estaba alegre y excitado, pero se comportaba como si acabaran de conocerse. Había bebido un poco y le gastó alguna que otra broma, todas exquisitamente respetuosas, todas reveladoras de la distancia que aún mediaba entre ellos dos. Mientras tomaban café, Francesc no cesó de hablar de los últimos discos que había comprado.

Una noche, Silvia salió a cenar con la gente del piso para celebrar el cumpleaños de Alfonso. Fueron a un restaurante de la zona alta y, para que no le resultara demasiado costoso al anfitrión, todos los demás explicaron que tenían poco apetito y pidieron los platos más modestos. Sólo los vinos, elegidos por el propio Alfonso, sobresalían en la cuenta que éste hubo de pagar. Silvia tenía la impresión de que todo eso había sido montado para ella y Alfonso se lo confirmó tácitamente a la salida del restaurante cuando se introdujo una mano en el bolsillo de la americana y extrajo de él un pequeño cenicero esmaltado. «Lo he robado para ti», le dijo, ofreciéndoselo.

Tomaron café en un bar de la Plaza Real y, mientras el camarero recogía las mesas de la terraza, liaron un par de porros.[9] Subieron las escaleras de la casa abrazándose y empujándose, riendo en muchas ocasiones sin motivo aparente.

Después sacaron latas de cerveza de la nevera y Silvia nunca recordaría lo que ocurrió entre ese momento y el momento en que, tendida en su cama, abrió los ojos y vio, a través de una espesa oscuridad, cómo Alfonso empezaba a desabotonarse la camisa. «¿Qué es esto?» preguntó, presa de un pavor súbito. «No pretenderás hacerte ahora la inexperta», fue la contestación del joven, y Silvia se frotó la cara con violencia: si no conseguía que se marchara enseguida, acabaría descubriendo los murciélagos. «Vete, por favor, Alfonso. Déjame sola.» «Es absurdo, ahora no puedes echarte atrás. Después de lo que has estado diciéndome esta noche.» «No recuerdo lo que te he dicho, pero vete.» «Silvia, no me exasperes. Intenta no comportarte como una niña.»

Alfonso dejó la camisa sobre la misma silla en que solía dormir alguno de los murciélagos y avanzó hacia ella despacio, muy despacio. Silvia retrocedió sobre las mantas y usó la almohada a modo de escudo. «Vete, Alfonso, te lo suplico.» Él seguía avanzando lentamente, pero parecía situado en una proximidad interminable, como la distancia de los sueños. Silvia agitó la cabeza y creyó ver abrirse la puerta del armario de los murciélagos. Gritó, se revolvió, alargó una mano hacia adelante como para arañarle. «¡Estúpida!»

murmuró Alfonso, que, ya erguido por completo, parecía estar frotándose una mejilla. Silvia, sin embargo, no estaba segura de haber llegado a tocarle. «¡Estúpida!», volvió a decir él, mientras recogía su camisa con tal violencia que derribó la silla. «¡Nunca habría esperado que fueras a hacerme esto!», fue lo último que dijo antes de salir, atenazada la voz por la ira. Silvia corrió en la oscuridad a cerrar la puerta. Allí mismo se dejó caer al suelo y rompió a llorar: habían estado a punto de descubrir sus murciélagos.

Durante los dos días siguientes apenas salió de su dormitorio. Pasaba el tiempo adormilada en la cama o jugueteando con los murciélagos, ofreciéndoles cucarachas o moscas en la palma de la mano. Los escasos momentos que pasó en el salón con los otros del piso le resultaron enojosos. Los intervalos de silencio en mitad de la conversación no podían ocultar su insoportable carga de violencia, una violencia que lo impregnaba todo, desde la fingida naturalidad de Alfonso hasta la sonrisa seguramente bienintencionada y alentadora de Pauline. Silvia comprendió que tampoco ella debía romper esa ficción generalizada de normalidad y accedió a jugar una partida de ajedrez con Patxi. Perdió en pocas jugadas, pero esto no le pesó, porque estaba deseando acabar cuanto antes para regresar a su habitación. Lo único que entonces anhelaba era que llegara el martes para reencontrarse con Francesc, necesitaba un hombro en el que descansar la cabeza, unas palabras de consuelo o de ánimo. Había vuelto, incluso, a pensar en revelarle el secreto de los murciélagos.

Su reencuentro no fue, sin embargo, todo lo feliz que ella había esperado. Francesc se mostró remiso a ejercer la consolación, intentaba aparentar insensibilidad, evitó en todo momento exteriorizar cualquier signo de emoción. Apenas hizo otra cosa que hablar de música, siempre con ese tono humilde y entrañable tan suyo, siempre con ese tono evasivo, con ese odioso afán de dejar bien claras las distancias entre ambos. Cuando hubo consumido su segundo café, Silvia trataba conscientemente de hacer visibles en su gesto el desinterés y la decepción. Naturalmente, no deseaba ya confiarle ningún secreto. Ni siquiera comprendía cómo podía haberle atraído aquel pusilánime al que lo único que le interesaba era la música. Al despedirse, él preguntó si se verían al día siguiente y ella contestó con rudeza que no podía, tenía cosas más importantes que hacer.

El murciélago que había recogido en la calle se distinguía de los demás por la cicatriz de la membrana. Era su favorito, el único que no tenía necesidad de salir a buscar insectos, porque ella misma se preocupaba de procurárselos. Los restantes eran en cierta medida, visitantes anónimos, que tan pronto aparecían como desaparecían sin previo aviso y de forma siempre inexplicable, casi mágica. Probablemente, muchos de ellos utilizaban su habitación como dormitorio eventual y lo elegían para su descanso sólo algún que otro día. La ocasión en la que Silvia llegó a contar el mayor número de murciélagos durmiendo en su cuarto fue una mañana de lluvia aparatosa y constante: eran dieciséis y colgaban de todos los sitios, de la lámpara, las estanterías, los marcos de los cuadros. No obstante, lo normal era que se congregaran sólo ocho o nueve, lo que le permitió ir conociendo a los que con más frecuencia la visitaban: a éste lo identificaba por su voluminoso cuerpo, a aquél por sus orejas puntiagudas, a ese otro por el extraño color rojizo de su abdomen. Algunos intentaban expresar su gratitud con un alegre revoloteo sobre la cabeza de Silvia, pero de todos ellos el único que se dejaba coger y que incluso a veces buscaba hacerse un hueco en su regazo era el primero, su favorito. Silvia creía que podría enseñarle algunos trucos graciosos, como pasar volando a través de un aro o colgarse cabeza abajo del bolsillo de su camisa.

El sábado, durante el ensayo, Silvia perdió finalmente el control de sí misma. Francesc había estado corrigiendo con demasiada frecuencia sus errores de fraseo, su defectuosa adaptación a ciertos compases, la torpeza evidente de alguna de sus subidas. Seguramente él lo hacía con buena intención y, en todo caso, lograba ocultar bajo una máscara de paciencia su contrariedad. Sin embargo, Silvia no soportó que adoptara un tono paternal para recomendarle más dedicación individual y, ante el estupor de Francesc y de los dos guitarristas que estaban tocando en la misma sala, chilló: «¡Vete al carajo[10] de una vez por todas, tú y todos tus consejos!»

Cuando llegó a casa le dolía la cabeza, pero se encontraba relativamente serena. No imaginaba aún el espectáculo que encontraría en cuanto abriera la puerta de su habitación: ese combate feroz y despiadado que varios murciélagos libraban en aquel cerrado recinto. Corrió a separarlos agitando el jersey con vigor a un lado y a otro: no necesitó en realidad esforzarse demasiado, porque pareció como si ellos mismos, por respeto o sumisión, hubieran intentado abandonar la pelea en el momento mismo en que ella entró. Por fortuna, no había nadie más en el piso y Silvia pudo desahogarse gritándoles sin reparo alguno: «¡Sois mezquinos y desagradecidos! ¿Así me pagáis lo que hago por vosotros?» Aunque reprendía a todos en general, únicamente ató a los presuntos culpables a diferentes objetos de la habitación, todos ellos bien distantes entre sí.

El domingo aceptó una invitación de Alfonso para ir al cine. Un programa doble que incluía *Arrebato* de Iván Zulueta[11] y *Retorno al pasado* de Jacques Tourneur.[12] Alfonso aprovechó el intermedio para aludir a los sucesos de la otra noche. Se le veía turbado, no acertaba a encontrar las palabras adecuadas para pedir disculpas. Llegó a declarar que se había comportado como un estúpido, que no comprendía cómo había podido perder la cabeza de tal forma. Silvia fingió no acordarse casi y, cuando ya daba comienzo la segunda película, zanjó la conversación diciendo que lo poco que recordaba esperaba haberlo olvidado a la salida del cine. Él, un par de veces a lo largo de la proyección, le dijo al oído «perdóname, Silvia», después la abrazó en la oscuridad y terminó acariciándole un pecho.

Al regresar a casa, Silvia pretextó estar cansada para evitar la eventualidad de enojosas insistencias por parte de Alfonso. Se retiró a su habitación y preparó un poco de leche para su murciélago predilecto. Lo llamó con un silbido particular que no recibió respuesta e, instantes después, encontró en una esquina su pequeño cadáver sobre un charco de sangre. Había sido muerto a dentelladas por alguno de los otros.

La semana siguiente faltó a las clases del Aula y Francesc la telefoneó para saber si estaba enferma. «No me encuentro muy bien», admitió ella, pero Francesc comprendió que era falso y la invitó a cenar. De nada sirvieron las negativas de ella, estaba dispuesto a insistir hasta que accediera. Silvia, casi con resignación en la voz, dijo finalmente: «Está bien. El sábado cenaremos juntos.»

Esos días, los murciélagos se comportaron con gran corrección: ni armaron alboroto ni disputaron por esta o aquella percha ni ocuparon los sitios que ella les había taxativamente prohibido. Por eso, había desistido de imponerles un castigo, una sanción que tal vez no recaería sobre el verdadero culpable de la muerte de su murciélago y que, desde luego, no le devolvería a éste la vida. Al menos, recobró la confianza en ellos y, ya el sábado que cenó con Francesc, se atrevió a dejarlos solos varias horas sin sentir, en principio, ningún temor.

Tomaron unos refrescos en el Café de la Opera[13] y Francesc le propuso ir después a Zeleste[14] a escuchar a Jan Garbarek.[15] Silvia pensó que la noche empezaba mal, pero se equivocó porque, desde ese momento, apenas volvieron a hablar de música. Él la miró a los ojos, le comentó que tenía ojeras como de haber dormido poco y mal, y la besó en los labios. Fue un beso inesperado y fugaz que la sorprendió.

Aquella noche fueron felices abrazándose en la oscuridad de Zeleste, mientras el exceso de público les iba poco a poco arrinconando y el calor del local provocaba en ellos un sudar unánime, mientras se besaban las frentes, los ojos, las bocas con la suavidad pausada del lamento de un saxo.

Durmieron juntos en el piso de él y sólo a la mañana siguiente empezó a sentir Silvia cierta inquietud por los murciélagos. No quería explicarle nada a Francesc, que insistía en que se quedara a comer con él, y tuvo que inventar un pretexto para volver de inmediato a su piso.

Por fortuna, su preocupación, la oscura sospecha de que los murciélagos se habrían puesto a chillar y alborotar y de que Alfonso, Patxi o Pauline podrían haberlos descubierto, resultó infundada. Cuando Silvia entró en la habitación y vio aquella docena de animalitos durmiendo en el más absoluto de los sosiegos, sintió algo parecido a la ternura de la madre que observa a su hijo jugando desprevenido.

Quería asegurarse de que nadie del piso sospechaba la presencia de los murciélagos y aprovechó para ello una de las tertulias nocturnas en torno al tablero. Condujo sabiamente la conversación por los caminos apropiados y no fue difícil deducir de los comentarios de Patxi y Pauline que hacía tiempo que no entraban en su habitación y que nada había en ella que pudiera interesarles o inquietarles.

Interrogar a Alfonso exigía mayor sutileza y también mayor discreción, ya que él sí que había entrado en su dormitorio en las últimas semanas. Silvia tenía la certeza de que aquella noche no había podido descubrir nada, pero le preocupaba que desde su habitación, la más cercana a la suya, hubiera podido sentir el chillido de los murciélagos o el sonido de su aleteo o de sus luchas. «¿No escuchaste hace un par de noches unos gritos lejanos, como de gatos maullando o de algún pájaro extraño?» le preguntó fingiendo desinterés, cuando se hubieron quedado a solas. «¡Sí! ¡Hace un par de noches!» Silvia le observó con secreta ansiedad, pero pronto él gesticuló cómicamente y continuó: «¡Un sonido estridente, espantoso! ¡Creí que nos invadía un sinnúmero de cuervos antropófagos[16] y que no viviríamos para contarlo!» «Tú tranquilo. A ti no te iban a devorar. Eres todo huesos», se burló ella. «En cambio tú durarías poco. Con esa carne tan apetecible que tienes...» «No te pongas impertinente», concluyó Silvia sonriendo. Sacó un cigarro y le pidió fuego, Alfonso aún seguía deseándola.

Ella intuía con tristeza que sus relaciones con Francesc no iban a ser muy prolongadas. Creía haber llegado a tener la certeza de que nada había que le interesara tanto como la música, de que nunca lo habría, y además desconfiaba de su carácter débil y voluble, sabía que podría poseer su afecto durante algunos días, quizás semanas, pero difícilmente por uno o dos meses. Por eso el entusiasmo que demostró la noche en que proyectaron su futura vida en común o hicieron planes para el verano era, en gran medida, un entusiasmo fingido. Por debajo de él subyacía esa dosis de escepticismo que impidió que se sorprendiera o enojara cuando, días después, Francesc intentó comunicarle que aquellos sueños, aquellos hermosos planes para el verano, habrían de dejarse para mejor ocasión, ya que él se había matriculado en un cursillo de prácticas de combo en Berlín que le ocuparía más de un mes. «Berlín debe de ser un bonito lugar», fue el único comentario de Silvia.

Durante esa temporada en que siguieron viéndose pero ya sin ilusión apenas, Silvia creyó observar que los murciélagos habían crecido, que sus dimensiones rozaban incluso la anormalidad. Los contemplaba en la oscuridad casi total y adivinaba su tranquilo reposo, la serenidad intacta de sus cuerpos en mitad de una noche que era otra vez su noche exclusiva, su noche otra vez tediosa y tenaz.

Todo permitía pronosticar que el final estaba próximo, que se produciría de una forma discreta, pausada, sin sorpresas. Pero Silvia no había imaginado que, un sábado, mientras caminaba al local del Aula donde solían ensayar, la poseería una sensación ambigua y desasosegante que tardaría más de una semana en abandonarla. Se detuvo ante un semáforo, miró hacia atrás, se llevó una mano a la frente. Recordó que, como de costumbre, había dejado la ventana abierta para que los murciélagos salieran a procurarse alimento. Antes de entrar en el edificio del Aula repitió la misma operación, tenía la impresión de que algunos de los murciélagos la habían seguido.

Aquel día ensayaron con un quinteto en el que Francesc tocaba el soprano y ella el tenor. Ya al inicio se sentía francamente mal, pero se esforzó por disimularlo. Estaba muy nerviosa, miraba todo el rato a un lado y a otro, apenas atendía a las indicaciones del contrabajista, líder del grupo. Tocó con más torpeza de la habitual y no pudo ignorar las miradas que sus compañeros se cruzaban. Aprovechó un descanso para sentarse en un rincón y decirles a los demás que siguieran sin ella. Francesc se le acercó y le recriminó alegremente que se le hubiera adelantado en un solo. «Perdona», dijo ella intentando sonreír y, cuando estuvo sola, advirtió que no podía dejar de temblar y que su cabeza se giraba constantemente a un lado y a otro, como si intentara descubrir a sus murciélagos revoloteando chillones por algún sector del local.

De regreso a su habitación, encontró a los murciélagos envueltos en una sangrienta refriega. La ropa de cama estaba desgarrada; una lamparita, volcada; las puertas del armario, rayadas y sucias de sangre; roto algún cristal. Los animales no cesaron de luchar cuando ella entró, siguieron entrechocando en el aire, emitiendo su desolador himno de combate, rebotando en las paredes con turbadores golpes secos. Corrió el cerrojo tras de sí y se tendió en la cama, apretándose las sienes con las manos. El fragor de la batalla fue debilitándose hasta desaparecer y entonces ella profirió un grito intenso, agudísimo, que alarmó a sus compañeros de piso. «¿Te ocurre algo, Silvia?» preguntaban dando golpes en la puerta. Ella se reanimó un instante y dijo: «Perdonad. Ha sido una pesadilla. Estaba intentando dormir y he tenido un mal sueño.»

Los días siguientes fueron terribles. Los murciélagos la seguían a cualquier sitio al que fuera. Mientras comía con los compañeros de Filología tuvo la seguridad de que había dos de ellos revoloteando debajo de la mesa, por entre sus piernas. Durante la clase de Paleografía vio a través del cristal ahumado de la puerta cómo cuatro o cinco la esperaban en el pasillo. La oscuridad del cine en el que entró para distraerse admitió ingentes cantidades de murciélagos que la obligaron a cambiar varias veces de asiento y finalmente a abandonar la sala...

Sólo en casa, fuera en su habitación o en el salón junto a Patxi, Alfonso o Pauline, llegaba a sentir un cierto alivio. Los demás se desvivían por ella, y especialmente Alfonso, que no cesó de invitarla a la confidencia. «¿Qué te sucede, Silvia? Cuéntamelo sin miedo. ¿Estás enferma? ¿Quieres que avise a tu madre, o a un médico?» le insistía, pero ella denegaba con la cabeza. «No quiero nada, no quiero ver a nadie», repetía de vez en cuando.

Durante una mañana telefoneó seis o siete veces a casa de Francesc, pero siempre se topó con la misma voz masculina que le respondía: «Aún no ha llegado.» Silvia no podía creer que Francesc no estuviera en casa, ¡él, que dedicaba todas las mañanas a ensayar en su habitación!

El asedio al que la sometía Alfonso se estrechaba cada vez más, se hizo ya evidente. Intentaba invitarla al cine, a salir a cenar, le regalaba discos que ella ni escuchaba. Incluso se ofreció para dormir en un sofá en la otra punta de la habitación, para poder tranquilizarla en caso de pesadillas. «¡No! ¡Nadie más que yo dormirá en mi habitación!» contestó Silvia con gran ímpetu. No podía consentir que se descubriera su secreto.

Cuando, por fin, logró hablar con Francesc, éste le anunció con regocijo que el día siguiente salía para Berlín. Le explicó cómo se iban a organizar las prácticas y qué otras actividades se iban a efectuar. Los profesores eran bastante conocidos, Francesc estaba entusiasmado. «Espera un momento. No cuelgues, ahora traigo la lista de profesores y te la leo», dijo, y Silvia asintió largamente con la cabeza, miró al techo un instante y colgó.

El miércoles aceptó acompañar a Alfonso a tomar café con una pareja de estadounidenses amigos suyos. Ella, la norteamericana, era una rubia grande y gorda que apenas conocía una docena de palabras españolas y que, sin embargo, se esforzaba por hacerse entender con gestos siempre divertidísimos. Silvia reía para complacer a Alfonso, que tan bien se estaba portando con ella. De la misma forma, sólo por no molestarle, permitió que la besara en los labios mientras subían juntos en el ascensor. «Silvia, te quiero», le susurró al oído con voz emocionada. Ella comprendió en un instante cuán fácil es fingir en cuestiones de amor y dijo: «Yo también te quiero, Alfonso.»

Minutos después, al entrar en el dormitorio, encontró en el suelo los cadáveres de dos murciélagos con los vientres reventados por dentelladas violentísimas. Pese a que no había otras señales de lucha en la habitación, creyó prudente atar a los animales restantes, que parecían dormir plácidamente.

Por la mañana, otro murciélago pendía sin vida de la percha a la que estaba atado. Se había suicidado, había destrozado su vientre a mordiscos hasta desangrarse, había muerto sin proferir el más leve chillido. Silvia descolgó el cuerpecillo y lo metió en una bolsa de plástico junto a los otros dos. Salió a desayunar y Alfonso le propuso pasar el día en la playa. Ella aceptó en silencio, con un gesto breve y mecánico.

Se bañaron juntos en el mar, jugaron con las olas, se abrazaron y rieron, entre broma y broma se besaron. Regresaron andando desde la estación, todo el tiempo cogidos de la mano. Alfonso estaba feliz y hablaba y hablaba sin interrupción, intentaba evitar que ella se aburriera.

Naturalmente, cuando entró en la habitación, ya sólo cuatro de los ocho murciélagos que había contabilizado por la mañana seguían vivos. Tres de ellos debían de haberse escapado volando por la ventana y el otro yacía exánime sobre la cama. Silvia sintió deseos de hablar con Francesc, de contárselo todo y pedirle perdón, pero comprendió que ya era tarde. Sacudió la cabeza como para alejar una avispa o un sueño inalcanzable e introdujo el cuerpo del animalito en la bolsa junto a los otros tres. Metió la bolsa dentro de otra más grande, no tardaría demasiado en empezar a despedir hedor.

Tardó dos días en admitir a Alfonso en su cama. Lo notó muy nervioso mientras se desnudaba, era evidente que si no cesaba de hablar era sólo porque quería retardarlo todo un poco más, intentaba ganar tiempo para serenarse. «Hay un olor raro, ¿no lo notas?» comentó entre otras cosas, y Silvia dijo: «A que no adivinas de dónde procede.» «Quizás alguna fiera escondida detrás de la cortina...» «Quizás.»

Media hora después yacía inerte sobre el cuerpo de ella, respirando ruidosamente. Se reanimó lo suficiente para alzar la cabeza y besarla desmayadamente en el cuello. «Ha sido delicioso», dijo. Silvia encendió un cigarrillo y asintió con un movimiento de cejas.

Aprovechó el tiempo que él pasó en el baño para abrir el armario y acariciar con las yemas de los dedos la cabeza diminuta del último de sus murciélagos. Si aquel animalito hubiera podido entenderla, ella le habría pedido que no la abandonara también él, que no cediera a la muerte ni escapara. No al menos en una noche como aquélla.

(Reproduced from *Alguien te observa en secreto* [Barcelona: Anagrama, 1985] pp. 75-102.)

JAVIER CERCAS

Born in Ibahernando (Cáceres) in 1962, his family moved to Girona when he was four. He has a doctorate in Hispanic Philology, taught at the University of Urbana-Champaigne in Illinois (USA) for two years and since 1989 has been a lecturer in Spanish Literature at the University of Girona. He is the author of a collection of short stories: *El móvil* (1987); two novels: *El inquilino* (1989) and *El vientre de la ballena* (1997); and *La obra literaria de Gonzalo Suárez* (1993), a study of the literary works of the controversial Spanish film-maker.

Encuentro

Lo peor de todo, Carlos, es que ya no sé para quién voy a escribir esto, para qué voy a escribir algo que no vas a poder leer cuando eres tú el único al que le importa, y es curioso que estés a mi lado y al mismo tiempo sé que estás tan lejos, todo porque yo he querido, porque me faltaba, nos faltaba alguna pieza que diese sentido a todo y de pronto he creído encontrarla, no puedo dejar pasar esta oportunidad de que todo concuerde, de redondear algo que tú y yo sentíamos inacabado, incompleto, de golpe he descubierto hasta qué punto odiábamos la imperfección y he decidido ser yo, tu sombra constante, celoso guardián de nuestra vasta amistad quien impida que ahora se deteriore estúpidamente, ahora que ya todo había acabado, ahora que sólo éramos dos monigotes de trapo¹ y empezaban a flaquearnos las fuerzas y nuestro reino declinaba como un suave crepúsculo de otoño y estábamos solos, eso que nunca hubiéramos podido estar de no mediar Claudia y tantas noches secas y aquel atardecer sombrío junto a una fría cama de hospital.

No sé para quién escribo esto pero igual me hubiera gustado hacerlo ordenadamente, dividiendo el tiempo y las cosas, poniendo principio y fin a lo que fue una sucesión de felicidades y risas y compartidas claridades y siempre esa alegría que brotaba de tu limpia fortaleza, de tu helada dureza de animal noble, me hubiera gustado empezar desde el principio, aunque ahora todo se ha borrado un poco, una mancha de olvido ciñe aquel patio desde donde, acaso caprichosamente, me llega la primera imagen que de ti conservo, el patio angustiado de glicinas,² bañado de una sombra fresquísima en aquel exaltado día de verano, mientras el sol estallaba en las calles, vestías pantalones y camisa blancos y te detenías como un gato lento por entre las páginas de una enciclopedia que acariciabas con dedos todavía algodonosos, hasta que alzabas la vista y me fijabas con tu mirada que ya tenía ese antiguo relámpago de cobre frío que alguna vez llegaría a asustarme. Desde ese día se repitieron las tardes tranquilas bajo la sombra acogedora de las glicinas, el repaso minucioso del contorno de las águilas en los grabados, los juegos que inventábamos, tú Ivanhoe[3] y yo Ricardo Corazón de León,[4] luchando infinitamente (la muerte era tan lenta) por la bella Rowenna[5] que aguardaba tras la alta tapia del jardín del que un día salimos a la calle, pero no entonces, absortos en una lucha titánica en la que agotábamos músculos elásticos que vibraban bajo la piel reciente, luchando de veras como si en realidad, oscuramente, intuyéramos que sí, que la bella Rowenna esperaba al ensangrentado vencedor para acogerlo en sus brazos de oro, y mientras cruzábamos latigazos de cañas en esas tardes grises, soñábamos una hermosa muerte, cayendo del caballo en el campo polvoso, en la llanura extendida como una sábana de tierra, vencida ya la batalla, las vísceras palpitando en el aire quieto; y nada de eso importaba porque ella venía como una princesa de sol, nos quitaba la bruñida armadura que destellaba rabiosa entre la polvareda y era la frente perlada de sudor y sangre, y la muerte frente al sol que ofendía los ojos, en su regazo de seda. Y es curioso, Carlos, con qué morosa delectación me detengo ahora en esa imagen del patio y la fingida lucha y el sol, sería curioso si no supiera que todos los actos de nuestra vida son prefiguración del consabido final, que, como en los buenos cuentos que leeríamos más tarde, todas las cosas están en función del desenlace, del único efecto de conjunto, de ese zarpazo en plena cara que es la muerte, de esa nada oscura. Aunque también tiene gracia, tiene gracia porque no ha habido vencedor ni vencido, porque ni Ricardo ni Ivanhoe, ni siquiera esto será una parodia, no habrá Rowenna, ni encabritados caballos ni el sol exaltando la armadura, y sólo un final feo.

Pero ya me adelanto a los hechos, me precipito sobre ellos para morderlos y hay que esperar, retroceder de nuevo a aquel patio y al café con leche que humeaba en las manos sarmentosas de tu madre, el tácito acuerdo silencioso que sosteníamos en la suavidad de los sorbos, al fondo el incesante surtidor dejando resbalar su canto por el mármol musgoso, envolviendo con su persistencia húmeda las primeras lecturas de Blake[6] y de Verlaine,[7] que sabía a patio y a tristeza remansada, Ayax y Héctor,[8] yo Ayax, tú Héctor, claro, los dioses y las ninfas,[9] la mitología que repetías como si la hubieras escrito y juntos la modificábamos con nombres nuevos, con nuevas Helenas[10] y ahí todo cabía, el general Montgomery,[11] la estremecida voluptuosidad de Núñez de Balboa[12] al contemplar por vez primera el Pacífico, cuando aún no tenía nombre, Plinio el Viejo,[13] que encontró la muerte en la lava de un volcán, por no conformarse con la angosta sabiduría de los hombres, tantas cosas y tantos otros nombres que tejían como un quebradizo caparazón[14] de oro del que nos vimos desterrados cuando el colegio, cuando dejó de haber patio y tardes de sol para derivar hacia la blancura fría de las aulas, amorfos compañeros confundidos en una desordenada masa de idiotez fomentada por aquellos insectos negros[15] que nos obligaron a odiar a Dios antes de conocerlo, todo aquello que blandamente ignorábamos, por donde paseábamos nuestra orgullosa soledad compartida, creyéndonos dioses de bronce, majestuosos cóndores rayando el cielo atardecido, segado por el vuelo gris de emplumados pajarracos dispuestos a saltar sobre nuestros cuerpos como sobre la carnaza que infama el desierto, solos y sin miedo, a medida que íbamos creciendo como robustas raíces sólidamente enclavadas en el aire, siempre con la secreta fortaleza del que está solo, tu capacidad para atraer corros en torno de una mesa donde no parabas de hablar a esas sombras de ojos atónitos, esas sombras que ignoraban que sólo hablabas para mí, aunque no me mirabas, yo apoyado distanciadamente en la barra del bar del colegio, oyéndote explicar imposibles aventuras, disfrutando y riéndome en secreto, sabiendo que también tú reías, los dos a miles de kilómetros de ese bar y de los ojos asombrados y de las historias que fluían como ríos rumorosos por un valle regado de sombra fresca, mientras tú y yo estábamos en otra parte, encontrándonos de otro modo, donde las palabras eran molestias grisáceas, donde los dos caminábamos por un pesado lecho de hojas secas, tal vez en un bosque otoñal o en una selva sola, veíamos cruzar la sombra fugitiva de un gamo por un claro del bosque y nos mirábamos y sonreíamos como si la sombra y la luz y el gamo y las innecesarias explicaciones...Aunque de golpe era otra vez el bar y los muchachos que se reían de casi todo, hasta que un timbre quebraba las risas y eran de nuevo las ringleras de estudiantes que engullían las puertas, entrar en ese otro ámbito donde de nuevo creíamos reinar, siempre juntos en la clase, agonizando de risa cada vez que los de las sotanas empezaban a explicar los asirios[16] y los numas[17] y Mesopotamia[18] y el bombardeo de partículas alfa[19] hasta que la expulsión se abría paso en los ojitos del de la pizarra y salíamos muy educadamente de la clase y usted primero y no faltaba más, de eso nada, permítame que le abra la puerta. Todo eso al tiempo que nos queríamos brillantes e intocables, sacar las mejores notas para dar en las narices a todos, a los compañeros y a los lagartos vestidos de negro, eso era lo nuestro, dar en las narices a todos con todo, porque aquélla era una realidad devaluada, un deshecho de lo que esperábamos de la vida y no habíamos leído a Platón[20] pero era como si, nosotros tan rabiosos, tan ardientes de sangre nueva, peleando por desatarnos las ligaduras y salir a la luz, donde la realidad no sea más la miserable sombra que nunca acabó de convencernos sino ese lugar donde cada objeto irradia luz propia, donde todavía Claudia, donde no me devorarían ahora estas ganas enormes de llorar mientras la noche afuera crece como un vino negro.

Pero no debo dejarme ganar por la noche, por la rúbrica que en parte he extendido sobre nosotros como un manto benévolo, porque también esta carta forma parte de ella y permanecerá incompleta hasta que de nuevo sea la

Universidad y los bares, la ciudad y la noche y las dulces muchachas esperándonos en cada esquina, instalarnos en pisos llenos de sombra y de crujidos, cada día a la Universidad donde las cosas eran más o menos lo mismo, más o menos corros, más o menos amigos con pretendidas dotes artísticas que trataban de hacerse con tu amistad sin saber muy bien por qué, tú que fingías un corrosivo desprecio por todo lo que se alejara de las rigurosas aventuras del orden, de la elegante exactitud de las matemáticas y sin embargo resplandecías como un astro solitario y altivo, madurando como un vino añoso hasta adquirir la difícil disciplina del respeto a los otros, derivando hacia la bondad como hacia una orilla cálida, y al mismo tiempo todo tan Carlos, tantas ganas de no parecerte nunca a ti mismo, de negarte a cada paso, de escoger siempre el camino más difícil y el más sordo, también el único heroico, tirar siempre por la puerta estrecha, por donde no hay aplausos al final de la carrera, ser el bueno fingiendo ser el malo, todo como un juego fatal, todo porque querías jugártela a cada paso para que cada instante tuviera la frescura del primero y la apretada angustia del último, estudiar ingeniería y letras porque nadie estudiaba ingeniería y letras, salir a las calles de la noche bebiendo sombra y música, entrar en los bares atestados de humo y de muchachas que bailaban un ritmo cálido, el áspero sabor de la ginebra y el tabaco llenando cenicero tras cenicero, de nuevo la ginebra o el whisky ya de madrugada, cuando llegaban las amigas cargadas con fiestas que entonces empezaban y tomábamos de nuevo el coche como locos, hablando por los codos y diciendo tonterías porque las de atrás se desataban en risas etílicas, sin ganas de dormir solos esa noche y diciéndolo, claro, las de atrás riéndose un poco con su suficiencia progresiva algunas, malditas jodidas, aunque otras dulcemente mientras llegábamos a algún caserón de las afueras cribado de música y de luces donde nos metíamos y nos perdíamos, ya no volvía a verte en la noche aunque igual lo pasaba bien porque Laura o Helena o quizás alguna otra, en todo caso mujeres que sabíamos compartidas, un poco de los dos como siempre sentíamos esas noches, un sueño compartido, una ficción urdida entre los dos para estar un rato bien entre cigarros y discos de Eric Burdon,[21] las muchachas de la noche que hacían el amor con nosotros queriéndonos un poco, aunque sin saber muy bien a quién, acaso al que se había tejido de patios de glicinas, gastadas litografías y café a media tarde, la bella Rowenna de algún modo esperándonos en los ojos de cada una de ellas y de nuevo en el amor, en la rítmica agitación de los cuerpos desnudos, en ese gemido apenas perceptible que arrancas de un torso que parece doblarse bajo el tuyo, ahí, en el dulce latigazo del amor, ahí es de nuevo el bosque, un sendero cruzándolo terroso, caminando los dos sobre un manto de hojas otoñales, de nuevo la breve silueta del gamo cortando la espesura, luz contra la sombra, aunque ahora avanzamos hacia adentro, hacia el húmedo corazón de la fronda que se espesa y el rumor de las hojas agitadas por el viento se mezcla con el del riachuelo que fluye puliendo limpísimos guijarros, cruzado por un puente de madera mohosa y al fondo es una sombra, una sombra a la que nunca llegamos, Carlos, porque entras como loco en las habitaciones gritando, buscándome y me río porque estás borracho, diciéndole a Laura no es nada, duerme, yo me voy con el fenómeno este, sonriéndome ella desde sus ojos cargados de sueño; salir de esa casa donde tú te has perdido, donde te has hundido en un sillón bramando en alemán o has silabeado con voz cavernosa algún soneto de Quevedo,[22] siempre Quevedo en esas noches desiertas, siempre no hallar otra cosa en que poner los ojos que no fuera recuerdo de la muerte, acallando con tu voz grave músicas y leches, algún taco y de nuevo vagar por la casa en penumbra o quedarte absorto ante el fuego, refugiado en la ginebra mientras se te hinca la tristeza como una daga fría, aunque no ahora que como siempre has guardado un par de cigarrillos para el final de la noche, saltamos a algún parque y me pasas el cigarro sonriendo, viejo, hay que estar en todo, fumamos lentamente mientras la noche se quiebra como el techo de un hangar oscuro y la luz sucia del amanecer nos sorprende ahí sentados, sobre la hierba segada del parterre, mudos de ginebra, los rostros ajados, llenos de cansancio los ojos, mientras de nuevo es el bosque y el gamo y el seco crujir de las hojas bajo nuestros pies, el puente y la casa donde nunca vamos a llegar...

Todo me parece ahora tan claro, Carlos, todo tan claro y distinto en la distancia, aunque me acerco poco a poco al momento en que sé que va a temblar mi pulso, las letras poco a poco deshilachándose para dar paso a un nuevo ritmo, como una nueva forma de latido donde cada palpitación dibuja una letra que lentamente compone su nombre, Claudia luz y separación completa, felicidad (ese vago nombre de mujer) donde ya sólo quedan cascotes y por eso se rompió todo, se deshizo como agua en el agua, el seco zarpazo del sol en plena cara, sin victoria ni polvo ni amargura, aunque la bella Rowenna llegándote desde lejos, desde la carta que escribía en una pequeña pensión florentina, explicándote tantas cosas después de año y medio de separación consentida, Claudia ligera en las suaves tardes de sol de los bares de Florencia o por los pasillos de la Universidad rodeada de estudiantes hasta conseguir que alguien nos presentase; Claudia como un pájaro tembloroso, apenas diecinueve años y un color de espiga en los brazos, su mirada pacífica y llena de sol, provocar encuentros torpemente casuales donde me vencía un nerviosismo que creía haber aparcado en la adolescencia y sin embargo me volvía ahora, cuando derramaba las cervezas en los bares, me estrellaba contra las señales de tráfico mientras paseábamos conversando distraídos por cualquier avenida o se me caían los cristales de las gafas al entrar en las exposiciones o en los cines, y Claudia soltaba una risa fresca que era como una aceptación, un tácito acuerdo como sólo los que tú y yo permitimos entre los sorbos de café y el patio angustiado de glicinas, también la realidad desdibujándose, perdiendo sus contornos definidos, dejándose borrar por esa otra realidad que nos desataba en risas sin apenas conocernos, su pelo moreno derramándose lánguido sobre los hombros, un mechón azabachado manchando su frente, su gesto de apartárselo con un soplido hacia arriba, ese gesto que se me agarra ahora a la memoria y me anuda implacable la garganta. A los pocos días Claudia se trasladó al pequeño cuarto de la pensión que se llenó de su olor de magnolias frescas, mitigando mi soledad, la desolación de esa ciudad grisácea donde el Arno[23] fluía como una serpiente triste, después los paseos al atardecer, su trabajo y mi trabajo, el silencio transparente de las noches en mi lecho, los luminosos amaneceres cuando de nuevo hacíamos el amor poco a poco y otra vez ella dormía mientras yo me quedaba a su lado, contemplando su cuerpo dorado por la dudosa luz del sol que entraba desde los ventanales, encendiendo un cigarrillo que dejaba consumir entre mis dedos, despertándola cuando el desayuno estaba listo y la casa sembrada de papeles llenos de su nombre. Nada de todo eso tenía por qué cambiar cuando recibieras mi carta, cuando te alegraras y rápidamente un avión te trajera desde México, donde habías firmado un contrato de trabajo por varios años, cuando yo acudiera con Claudia a recibirte al aeropuerto, quizás un poco nervioso de alegría y de golpe serenándome al verte bajar del avión, sin efusiones de feria dejando caer un qué tal, viejo, casi parece que has crecido y hasta estás más guapo, aunque sintiendo aflojarse algo por dentro, una quieta felicidad dándote fuerte la mano y mirándote en los ojos, mientras sonreías y seguro que tú eres Claudia, claro, tan linda, reprochándome mi falta de dotes literarias al describírtela, viéndonos un poco nerviosos quizá por vez primera, tomando el coche hacia el manto de luz grisácea que envolvía la ciudad, a esa hora en que todo eran recuerdos y risas estentóreas y el sol languideciendo entre las nubes.

Nada tenía por qué cambiar y sin embargo todo cambió desde el principio, desde los bares nocturnos en los que en medio de la ginebra había un desacuerdo, algo como un salto irrealizable aunque no era eso, es inútil tratar de explicarlo como era inútil la certeza de que esos dos territorios donde yo os encontraba estaban aislados por una barrera compacta, que los tres no íbamos a encontrarnos, de pronto una languidez invadiéndolo todo, mis músculos al caminar desdeñosos por los pasillos de los Uffizi,[24] Claudia escuchando atentamente tus minuciosas explicaciones, cuando le contabas de Uccello,[25] que se enderezaba de madrugada en su lecho para despertar a su mujer gritando cosa più bella la prospettiva[26] y Claudia soltaba su risa como una cascada de miel y sobre todo Rembrandt,[27] que mostraba una realidad como el bosque y las hojas y el puente mohoso, Rembrandt y las tardes en que apenas tenía ganas de salir y fingía una voraz atención a mi lectura, salíais a la luz frutal de Florencia, comprabais helados o ibais al cine, cualquier cosa con tal de pasear por esas calles que poco a poco te iban dictando, te mostraban el final de un camino, una esquina llena de sol, una escalera oscura, ahí donde ibas a saber que Claudia había ocupado el lugar de la clareada espesura, y sé ahora que eso te dolió porque al poco tiempo fue como una punzada impulsándote a partir de nuevo, claro, viejo, era mejor así, sabiendo que ahí se acababa la historia, que no íbamos a encontrarnos nunca más y equivocándonos, porque tú no saldrías de la ciudad; llegó la apergaminada palidez de Claudia, sus ojos cada vez más tristes, una blanda debilidad que la ganaba por momentos, tú y yo poniéndonos de nuevo de acuerdo, encontrándonos en las payasadas que decíamos para que Claudia se riera desde el ramaje gastado de sus bronquios, ovillada de fiebre en el sillón de la sala, sordamente Ivanhoe y Ricardo peleando de nuevo en la sombra, aunque la bella Rowenna se deshacía poco a poco como una figura de mazapán roída por un viento helado. Hasta la persistencia de la tos cascada, los esputos de sangre en la noche, el auto y las calles de Florencia cruzadas en silencio, los fríos pasillos, el blanco mortífero de las habitaciones y las horas de la madrugada demorándose en la muerta ceniza de los cigarrillos que ahora volvíamos a compartir, la lenta angustia devorándonos poco a poco los ojos y las mejillas sombreadas de barba, ganándonos desde dentro sin palabras, la perdida esperanza, su agonía, suave como eran con ella las tardes de otoño, el miedo que se pintaba en nuestros rostros mientras seguro que vas a ponerte bien, nenita, aquí éste y yo te tenemos preparada una función de *Mogambo*[28] que ríete tú de Gable, y se reía como desde lejos, deslizándose ya hacia la muerte que la esperaba como un abrazo dulcísimo, mientras los ojos hambrientos de sueño se irritaban un poco y me tomabas por el hombro, mordiéndote los labios, mirando hacia el ventanal donde la noche se agolpaba en silencio.

    – Vámonos, viejo, ya no hay nada que hacer aquí. Y salir a la calle, donde sólo hay sombra.

A partir de aquí ya todo es más fácil, apenas nada que contar, Carlos, apenas nada para que el círculo se cierre, y ahora que voy acabando mi carta me apena que vaya a quedarse olvidada en alguna gastada gaveta de este caserón, amarilleando poco a poco con el tiempo, adquiriendo ese color de oro pálido que teñía los muslos de Claudia ya muerta, apenas el cementerio amenazado por una inmóvil alfombra de nubes grisáceas, una tarde larga y vacía como una desaforada llanura de polvo silencioso, cuando estar contigo era como antes del recuerdo, antes de los atlas y el patio, los dos solos en ese cementerio que olía a muerte y soledad, algo como un símbolo en ese atardecer frío; y de nuevo la horrible soledad que no escoges, que te escoge, tu vagabundeo sin rumbo, no escribirnos ya como si nada tuviéramos que decirnos, alguna postal desde México o Barcelona o Atenas o Buenos Aires, da igual porque lo mismo ya sabía de tu amor por Claudia, de tu inútil nobleza al querer salir de Florencia, la carta que te llega a tu apartamento en México, el suave asombro de comprender que por fin, por fin encontrarnos de nuevo en Barcelona, viajar a Barcelona para encontrarnos sin apenas alegría en los ojos, sólo tomar un tren hacia Provenza donde dejamos el coche a la entrada del bosque, donde nos adentramos por la espesura sabiendo los dos adónde vamos, tomar el sendero donde juegan temblorosas la luz y las sombras, la espesa alfombra de las hojas secas del otoño, un gamo cortando fugitivo el claro sombreado mientras el puente mohoso nos espera, cruzar el puente y al fondo el caserón como una mancha de sombra donde estoy escribiendo esta carta que nadie va a leer, esta carta que no sé para quién escribo mientras voy a empezar a cerrar las ventanas de este caserón que las sombras poco a poco engullen, echaré el cerrojo a las puertas y sentiré de nuevo el miedo oscuro de la noche cuando te sé aquí a mi lado, con el pecho reventado por un rosetón de sangre idéntico al que ahora, cuando acabe esta carta, abrirá mi pecho para estar de nuevo juntos.

(Reproduced from *El móvil* [Barcelona: Sirmio, 1987] pp. 49-64.)

PALOMA DÍAZ-MAS

Born in Madrid, 1954, Díaz-Mas has a degree in Romance Philology and Journalism; she teaches Spanish Golden Age and Sephardic Literature at the University of the Basque Country in Vitoria. She has published a play: *La informante* (1984, Premio Ciudad de Toledo); three novels: *Tras las huellas de Artorius* (1984, Premio Ciudad de Cáceres), *El rapto del Santo Grial* (1984) and *El sueño de Venecia* (1992, Premio Herralde); and a collection of short stories: *Nuestro milenio* (1987). Other work includes: *Los sefardíes: Historia, lengua y cultura* (1986, 1993); editions of early Spanish and Sephardic poetry; and *Una ciudad llamada Eugenio* (1987), a book about her experiences as a lecturer in the United States.

La infanta Ofelia

> *Por los aljibes del agua*
> *donde la infanta dormía*
> (*Romance de* Portocarrero).[1]

La infanta mora duerme, como Ofelia,[2] flotando en un aljibe sobre el que se deshojan la flor del almendro y la del limonero, y se levanta por las mañanas con las enaguas llenas de verdín y de pétalos.

Ya de chiquita dormía en la concha de una fuente de tres surtidores, al fondo del jardín, huyendo siempre del aya[3] que pretendía inútilmente acomodarla entre los mullidos almadraques[4] de plumas de su cunita real. Si hubiera sido pobre, a la infanta le hubiera gustado mecerse en la fuente de cuatro caños donde van por agua las mujeres del pueblo, recostarse a la hora de la siesta en los inmensos pilones del lavadero del ejido[5] o arrebujarse perezosa en los pozos sin brocal[6] de las casas con patio.

Al llegar la noche, la infanta, rendida de escuchar músicas y de contemplar los arrayanes[7] se deja caer en su lecho de agua con un chapoteo imperceptible. Mientras, el rey insomne deambula por los adarves[8] cavilando con qué príncipe extranjero podrá casar a su hija, pues para hacerle el amor necesitará ser un nadador excepcional.

(Reproduced from *Nuestro milenio* [Barcelona: Anagrama, 1987] pp. 27-8.)

LOURDES ORTIZ

Born in Madrid, 1943, Lourdes Ortiz is the Director of the Real Escuela de Arte Dramático in Madrid, where she teaches art history. Mainly known for her novels, she also writes poetry, short stories and plays, translates occasionally from French and Italian, and publishes on literature, communication theory and art. The novels include: *Luz de la memoria* (1976), *Picadura mortal* (1979), *En días como estos* (1981), *Urraca* (1982), *Arcángeles* (1986), *Antes de la batalla* (1992) and *La fuente de la vida* (1995). Although she has contributed several short stories to newspapers, magazines and anthologies, just one collection has been published: *Los motivos de Circe* (1988).

Salomé[1]

No la lengua, ni la frente, ni los pómulos, ni la fina boca recortada, sino los ojos; no el pelo crespo y áspero como zarza de espinos.... Todo en él hostil: cuerpo duro de los caminos de esclavo o de lunático, cuerpo áspero que no conoce aceites, ni perfumes, tallado en cuero reseco.... Sólo los ojos....

Nunca unos ojos como aquéllos, grises, como marismas, como lagos profundos; un agua calma e insondable; una luz.

Los ojos. Fue un relámpago y no había ira. Ni deseo.

Los ojos abiertos, la fiebre en ellos, una fiebre que no te veía, ni te abrazaba. La luz.

Los ojos. No dijo nada. No había piedad, ni condena. Era sólo un mar infinito, una tranquilidad, un reino propio inabarcable, y la calma. Tu piel como de nácar y la mirada de él, ajena.

Iba directa hacia tus ojos y conectaba con esos páramos de preguntas, con palabras obscuras que bailaban en tu cabeza, y no buscaba tu piel, no se detenía en tus senos redondos, ni en esos pezones duros repintados, casi negros, para la danza; no se amoldaba a tus caderas, ni se detenía en la cintura, ni resbalaba por los tobillos, ni se aupaba sedienta desde los muslos. Iba directa hacia adentro. Los ojos sólo y todas las preguntas.

Nacida para el amor y la danza, educada para mecer los cuerpos de varón, para hacer enloquecer a reyes, saduceos y fariseos.[2] Tu lengua juguetona, vibrátil, remolona sobre los labios. Y él sin ver, mirando sólo hacia adentro, dándote un nombre propio, no mujer, sino Sa-lo-mé, una Salomé capaz de soñar y de pensar, de imaginar, de hablar, sentada allí a su lado junto al pozo, donde brillaban aquellos ojos como antorchas. Salomé. Y la carne ahora no

23

era carne, ni los velos cubrían. Sólo aquella tensión, aquella mirada que
descubría sentimientos, ideas, mundos, un respeto infinito, una revelación,
un nombre...el ojo, el ojo firme, no avariento, el ojo que te despojaba de
adornos de coral, de velos de gasa finísimos, de aromas de aloé, de incienso.
Sólo los ojos frente a frente. Y algo, como una densa plenitud de mundos
brotando, una seguridad desconocida hasta entonces, insospechada que te hacía
fundirte con las cosas, ser palabra y voz, razón oculta. Los ojos, los ojos....

Por primera vez aquella luz que te despojaba de la hembra[3] y te hacía igual
a él, serena y sólida, como si toda la razón, todo el universo se centrara en
aquel intercambio y por un instante supiste de civilizaciones por venir, de
constelaciones; eras capaz de entender y de aprender, vivías el reconocimiento
y el respeto en un arco infinito que construía el universo, daba forma, medía
distancias, desenpolvaba viejos manuscritos...supiste también del horror de
la muerte, de los secretos nunca formulados y, como en un calidoscopio,[4] una
procesión de cantos imaginarios, de mensajes ocultos, de premoniciones y
duermevelas,[5] supiste que eras Dios sobre la tierra, tú también como él, allí
encerrado en aquella cisterna maloliente. Fue un bautismo que te devolvía la
sabiduría, ese pozo insondable que habías ido aletargando[6] desde la infancia en
el harén de las mujeres, absorbida desde el comienzo por las acechanzas y los
consejos de tu madre; técnicas aprendidas concienzudamente, transmitidas
de mujer a mujer: el celo, la añagaza,[7] objeto de deseo, carne para ser adornada,
para ser entregada.

Pero los ojos...esos ojos transparentes que se fundían con los tuyos y que te
hacían ver catedrales, fábricas donde humeaban chimeneas pardas, inmensas
planicies donde se erguían fortalezas. Eras *espíritu* que volaba sobre el
tiempo, espíritu soberano que se levantaba sobre la naturaleza y se hacía igual al
que no puede no ser. Sacerdotisa de un saber hasta entonces vedado, porque
aquellos ojos te devolvían el ser, te reconocían y te rescataban de la servidumbre,
de la flojera insatisfecha de los abrazos, del océano blando de las caricias
aprendidas.

Desde niña, desde niña...como si toda la energía se hubiera concentrado
en las muecas, en esa perfección destinada a ser paladeada por el hombre.
No había ninguna como tú, ninguna tan experta, tan precisa: ese vaivén de la
cadera, sabiamente estudiado, repetido una y otra vez para que siempre
pareciera nuevo y luego el vientre, remolino ondulante de la carne que atraía
los ojos del varón y convertía al ombligo en fuente, en agua dulce, en miel,
en vino rojo, en dátil...el ombligo. Allí los ojos de los machos como raptores,
esa sed que allí podría apagarse. Y cuando las pupilas dilatadas se deslizaban
desde tus pechos a tus hombros y desembocaban glotonas en tu rostro, tu

mirada centelleaba en un reclamo, en una chispa que era sólo llamada, mezcla de sumisión y entrega que se difería, rechazo cauto y diestro que sólo podía servir para encelar...

Toda tú diseñada para el goce: cada movimiento de los dedos, la situación exacta del pie a cada paso, la tensión rítmica de las pantorrillas, la agilidad del brazo que creaba ondas cuando movías las sonajas[8] entre los dedos...formas redondas desplazándose en el espacio, cadencia de la curva que se iniciaba en los dedos diminutos: curvos el vientre y los pechos de seda, curvo el trazo acuoso de tu pelo que se desparramaba creando vuelos marinos en el aire.

Y él te miró sin ver la forma suave y redonda, muelle de tu vientre, sin recrearse en la loma del pubis, sin recorrer el círculo perfecto de tus senos. Y esa luz recta, directa, firme hacia adentro, te devolvió por un instante la verticalidad del ser, la seguridad luminosa del relámpago. Rectos los ojos, penetrantes, creando líneas ascendentes, rayos de luz sobre las cosas.

Fue como un chasquido, una fogata que se extingue.... Los ojos no se ablandaron, ni se hicieron codiciosos; no se ciñeron a las olas de tu cintura... las ondas de Afrodita[9] la griega... las curvas plenas de Astarté[10] la de los múltiples senos.... Y él a tu lado cubierto de harapos... uno más entre los locos, esos brutos fanáticos que se alejaban de la ciudad y buscaban la arena impecable del desierto para alimentarse de insectos y miel silvestre; él, cubierto apenas con aquella túnica de corteza de árbol, con esos músculos flojos por el ayuno y esas cuencas vacías del que ya está en otro lugar.

Nunca te importaron las polémicas religiosas, las disputas estériles acerca de un salvador que ha de llegar; cosas de gente sin pulir, sumida en la ignorancia, acorazada en viejas tradiciones e incapaz de valorar la tersura del mármol y la grandeza de los muchos dioses.[11] Hasta el palacio han llegado rumores, ecos de esas sectas de hombres adustos e intransigentes, hostiles a la influencia persa, griega o siria que proliferan en el reino;[12] hombres sin ley que se retiran a la soledad de las grutas para compartir una vida de varón sin hembra; hombres intolerantes, implacables que sueñan liberaciones futuras, sometiendo su cuerpo a castigo y a privación....[13] Tú, Salomé, la hija de Herodías, mujer de Herodes Antipa,[14] el sucesor por derecho de Herodes el Grande, el Unificador, desprecias a esa plebe embrutecida, carcomida por estúpidas profecías que hablan de cumplimientos y distraen, como la de esos esenios[15] que pululan junto al río y siembran descontento y protesta entre tu pueblo; gentuza que aprovecha el nombre del Dios de Israel para soliviantar, para crear maledicencia y odio y acuñar esperanzas y que se atreve incluso a mancillar el nombre de tu madre,[16] plebe hambrienta y desheredada que suple con salmos y alabanzas su abandono y su incapacidad para el goce.... Hombre que no conoce mujer.

Por eso acudiste a ver a Juan,[17] segura de antemano del temblor de sus dedos ante la proximidad de tu aroma, convencida del estremecimiento de su carne, él, sometido a castidad y abstinencia por un voto soberbio de macho que renuncia a su hombría y sustituye la liviandad placentera del cuerpo por el cilicio[18] y el clamor aletargado de las multitudes....

Te hubiera gustado contemplarle ejerciendo su ministerio a las orillas del Jordán, sumergido en el río, desnudo hasta la cintura y dominando a un populacho de harapientos que recibían dóciles el agua sobre sus cabezas en un extraño baño de purificación que acababa, decían, con los miedos, las noches de tribulación y desamparo, las heridas y el hambre... lunáticos que olvidaban sus casas de adobe, sus olivas y su mala pesca para entregarse a ensueños de supervivencia y regeneración... Pero le tuviste ante ti escuálido, con el aspecto desgreñado de los anacoretas[19] y los mendicantes, sucio de la tierra del camino, oliendo a cabra y a noches de insomnio en los establos... Nada era hermoso en él, carecía de la gentileza núbil del efebo,[20] de la alegría del gimnasta, diestro en los juegos. Era un semihombre derrotado, un anciano prematuro que dejaba adivinar sus costillas bajo aquella zarza de pelos encrespados, grasientos, salpicados de hierbas y parásitos y que se doblaba bajo un peso inexplicable, como si allí en la cisterna la noche de los tiempos ahogara el eco de su voz, el encanto de su palabra y dejara sólo un despojo, una bestia acorralada y ya domesticada que sólo producía espanto y asco....

Y para burlarte quisiste provocar su turbación y te acercaste, cubriendo tus narices, para humillar la carne lacerada de asceta penitente, carne que despreciabas y que te devolvía en su olor fétido, olor de animal golpeado por la arena y el viento, todo lo que aborrecías sobre la tierra.

Era una música lánguida la que formaba el firmamento, como si las estrellas todas fueran campanas amordazadas que producían un quejido leve al que se sumaba el canto de las cigarras y el aullido del chacal. Era una noche fría que cortaba tu cuerpo y lo dibujaba a la luz de las antorchas y te sabías soberana, recortada tu silueta entre las sombras, contundente en medio de la desolación de un paisaje de higueras que contaminaban el aire con un hedor lechoso y blanco de semen acumulado. Y los contornos de pronto se desdibujaron, la noche entera nubló el torbellino de tu andar y allí estaban los ojos fijos que ya no te veían, pero te miraban.

Y desaparecieron los andrajos, se hizo clara la noche, como de cristal, y los ojos de Juan traspasaron los tuyos y algo, como una llama, como un centelleo... los ojos, los ojos....

No sabes cuánto tiempo permaneciste allí en silencio, presa de aquellos ojos, como el pájaro atrapado por la sierpe. Y las palabras se hicieron tuyas y toda aquella energía dispersa en gestos, en cabriolas, en carantoñas, en gemidos falsificados o verdaderos afluyó hacia el centro, hacia un lugar remoto de ti misma y fuiste Salomé, no la danzarina, la cortesana, la hetaira[21] dócil, la hermosa entre las hermosas, estrella de la mañana, rosa aúrea, virgo[22] potentísima; no mediadora, no receptáculo, sino luz que atraviesa los confines del tiempo y del espacio, sofía[23] encarnada.

Él y tú frente a frente y ese tú te devolvía una dignidad y una grandeza que a veces, cuando niña, intuías al escuchar entre juegos las grandes palabras de los altos dignatarios o los razonamientos tercos y simples del Sumo sacerdote.[24] Muchas veces entonces tuviste como una iluminación, una certeza que te habría hecho intervenir desbaratando la torpeza del razonamiento... una especie de orgullo de saberte capaz de artilugios teológicos,[25] de sofismas,[26] de construcciones pacientes formando torreones con las palabras. Yo, Salomé. Y, sin embargo, allá en la modorra de la mirra,[27] en las habitaciones destinadas a las mujeres fuiste aceptando que la palabra no era tuya, sino de ellos, que Salomé era tan sólo cítara[28] destinada a sonar cuando ellos la tañeran. Hasta este momento. Hasta esos ojos.

Y luego, cuando partiste, la borrachera, esa congoja apelmazada en el estómago, una arcada de soledad, un frío de desentendimiento, de abandono, como si el vestido cálido de tu piel se hubiera convertido en mortaja que aprisionaba y te impedía respirar. Mientras caminabas, alejándote, la mancha roja de la luna se fundió con las aguas del estanque y la palmera se dobló lamiendo con sus ramas una senda que se hacía laceríntica y te devolvía a tus habitaciones. Los ojos de él, dos lamparillas de aceite, flotaban a tu espalda y sentías un dardo que te traspasaba desde la nuca y te hacía temblar.

Los ojos... los ojos...

– Pídeme lo que quieras – dijo Herodes.

Babeaba el viejo, mientras tú ibas quitando los velos uno a uno.... Tu vientre aquella noche fue un maremoto que crecía, amenazando con anegar las costas, fue como el acorde suspendido sobre una cuerda elástica que produce vibraciones progresivas, fue la piedra arrojada en el lago que deja la estela circular de su paso; círculos concéntricos que se distendían y confluían, que convocaban y desalentaban, que hipnotizaban al rey y ponían venitas rojas en sus mejillas.

Velo a velo. Herodes se removía sobre cojines, bufaba y tu vientre recogía la suavidad de las dunas, el desafío de las cimas impertinentes; era volcán que prometía estallidos de lava, agua mansa donde se perfilaban las hojas blancas de los nenúfares, cascada, nido acogedor plumoso, cuenco; era caldera donde borbotaba un líquido espeso, un fango blanquecino que chupaba y absorbía... Herodes, grasiento y lujurioso, saltaba casi y sus ojillos de viejo lúbrico se encendían prendidos de tu talle, confundidos y apresados

27

en la serpentina de las cintas que mostraban y ocultaban, prometían para luego hurtar.

Sudaba el rey, resoplaba y tu lengua seguía el vuelo de las gasas, hurgaba en las comisuras, se mostraba obscena, cinta húmeda que culebreaba entre los labios. Un velo, dos velos... Y ahí estaba tu madre satisfecha, oronda: tú, prolongación suya, instrumento perfecto sabiamente adiestrado, puta entre las putas para encandilar príncipes y escribas, sacerdotes y cortesanos... hembra devoradora, magnífica en el baile y en el lecho. Reía Herodías de tu triunfo y tú dejabas caer los velos mientras soñabas con aquellos dos ojos, con aquella mirada.

– Pídeme lo que quieras – dijo el rey.

Los ojos, los ojos....

Y ahora están ahí ante ti en bandeja de plata. Desde hace tres noches y tres días permaneces muda, sentada a su lado... Tuyos para siempre esos dos ojos, esa mirada ahora fija que no implora, ni desea... La cabeza del Bautista, trofeo-talismán de los sueños, recordatorio. Los ojos, cuentas de cristal, bola del universo, faro y dardo. Y una ráfaga de viento cruel arremolina los cabellos del hombre y hay víboras alborotadas sobre las sienes. Y los ojos brillan ahora y concentran como entonces el azul del mar y el tintineo opaco del firmamento. Y las palabras del misterio comienzan a sonar, brotan de las pupilas mudas, salpican el paño blanco bordado, donde ya ha resecado la sangre dejando jeroglíficos entre los bodoques.[29] Y tú, Salomé, la hija de Herodías, te acercas con el recogimiento que requiere el rito, hincas tus rodillas en el suelo y acercas tus labios a esos labios resecos:

Que la palabra sea en mí.

Y los ojos callados murmuran: Que así sea por siempre y para siempre....

(Reproduced from *Los motivos de Circe* [Madrid: Ediciones del Dragón, 1988] pp. 81-91.)

JAVIER MARÍAS

Born in Madrid, 1951, Javier Marías is a prolific novelist and short-story writer, occasionally translates from English, and was awarded the Premio Nacional de Traducción in 1979 for his version of *Tristram Shandy*. The novels include: *Los dominios del lobo* (1971), *Travesía del horizonte* (1972), *El monarca del tiempo* (1978), *El siglo* (1983), *El hombre sentimental* (1986, Premio Herralde), *Todas las almas* (1989, Premio Ciudad de Barcelona), *Corazón tan blanco* (1992) and *Mañana en la batalla piensa en mí* (1994, Premio Rómulo Gallegos); to which may be added two collections of his short stories: *Mientras ellas duermen* (1990) and *Cuando fui mortal* (1996), and several compilations of essays and articles previously published in the Spanish press.

Gualta

Hasta los treinta años yo viví tranquila y virtuosamente y conforme a mi propia biografía, y nunca había imaginado que olvidados personajes de mis lecturas de adolescencia pudieran atravesarse en mi vida, ni siquiera en la de los demás. Cierto que había oído hablar de momentáneas crisis de identidad provocadas por una coincidencia de nombres descubierta en la juventud (así, mi amigo Rafa Zarza dudó de sí mismo cuando le fue presentado *otro* Rafa Zarza). Pero no esperaba convertirme en un William Wilson[1] sin sangre, ni en un retrato desdramatizado de Dorian Gray, ni en un Jekyll cuyo Hyde no fuera sino otro Jekyll.

Se llamaba Xavier de Gualta, era catalán como su nombre indica, y trabajaba en la sede barcelonesa de la empresa en que trabajaba yo. La responsabilidad de su cargo (alta) era semejante a la del mío en la capital y nos conocimos en Madrid con ocasión de una cena que iba a ser de negocios y también de fraternización, motivo por el cual acudimos acompañados de nuestras respectivas esposas. Nuestro nombre coincidía sólo en la primera parte (yo me llamo Javier Santín), pero en cambio la coincidencia era absoluta en todo lo demás. Aún recuerdo la cara de estupefacción de Gualta (que sin duda fue la mía) cuando el maître que los guiaba les señaló nuestra mesa y se hizo a un lado, dejando que su vista se posara en mi rostro por primera vez. Gualta y yo éramos físicamente idénticos, como los gemelos del cine,[2] pero no era sólo eso: además, hacíamos los mismos gestos al mismo tiempo, y utilizábamos las mismas palabras (nos quitábamos la palabra de la boca, según la expresión coloquial), y nuestras manos iban a la botella de vino (del Rhin) o a la de agua mineral (sin gas), o a la frente, o a la cucharilla del azucarero, o al pan, o con el tenedor al fondo de la fondue, siempre al unísono,

29

simultáneamente. Era difícil no chocar. Era como si nuestras cabezas exteriormente idénticas también pensaran lo mismo y al mismo tiempo. Era como estar cenando delante de un espejo con corporeidad. No hace falta decir que estábamos de acuerdo en todo y que – pese a que intenté no saber mucho de él, tales eran mi asco y mi vértigo – nuestras trayectorias, tanto profesionales como vitales, habían sido paralelas. Este extraordinario parecido fue, por supuesto, observado y comentado por nuestras esposas y por nosotros («Es extraordinario», dijeron ellas. «Sí, es extraordinario», dijimos nosotros), pero los cuatro, algo envarados por la situación tan anómala pero sabedores de que el provecho de la empresa que nos había reunido estaba por medio en aquella cena, hicimos caso omiso del hecho notable tras el asombro inicial y fingimos naturalidad. Tendimos a negociar más que a fraternizar. Lo único nuestro que no coincidía eran nuestras mujeres (pero en realidad ellas no son parte de nosotros, como tampoco nosotros de ellas). La mía es un monumento,[3] si se me permite la vulgaridad, mientras que la de Gualta, chica fina, no pasaba, sin embargo, de ser una mosquita muerta pasajeramente embellecida y envalentonada por el éxito de su cónyuge arrasador.

Pero lo grave no fue el parecido en sí (hay otros que lo han superado). Yo nunca, hasta entonces, me había visto a mí mismo. Quiero decir que una foto nos inmoviliza, y que en el espejo nos vemos siempre invertidos (yo, por ejemplo, llevo la raya a la derecha, como Cary Grant, pero en el espejo soy un individuo de raya a la izquierda, como Clark Gable); y tampoco me había visto nunca en televisión ni en vídeo, al no ser famoso ni haber tenido jamás afición por los tomavistas. En Gualta, por tanto, me vi por primera vez hablando, y en movimiento, y gesticulando, y haciendo pausas, y riendo, y de perfil, y secándome la boca con la servilleta, y frotándome la nariz. Fue mi primera y cabal objetivación, algo que sólo les es dado disfrutar a los que son famosos o a los que tienen vídeo para jugar con él.

Y me detesté. Es decir, detesté a Gualta, idéntico a mí. Aquel acicalado sujeto catalán me pareció no sólo poco agraciado (aunque mi mujer – que es de bandera[4] – me dijo luego en casa que lo había encontrado atractivo, supongo que para adularme a mí), sino redicho, en exceso pulcro, avasallador en sus juicios, amanerado en sus ademanes, engreído de su carisma (carisma mercantil, se entiende), descaradamente derechista en sus opiniones (los dos, claro, votábamos al mismo partido), engominado en su vocabulario y sin escrúpulos en los negocios. Hasta éramos socios de los equipos de fútbol más conservadores de nuestras respectivas ciudades: él del Español, yo del Atleti.[5] En Gualta me vi, y en Gualta vi a un sujeto estomagante,[6] capaz de cualquier cosa, carne de paredón.[7] Como he dicho, me odié sin vacilación.

Y fue a partir de aquella noche cuando – sin ni siquiera hacer partícipe de mis propósitos a mi mujer – empecé a cambiar. No sólo había descubierto

share intentions   change

que en la ciudad de Barcelona existía un ser igual a mí mismo que me era aborrecible, sino que además temía que aquel ser, en todas y cada una de las esferas de la vida y en todos y cada uno de los momentos del día, pensara, hiciera y dijera exactamente lo mismo que yo. Sabía que teníamos el mismo horario de oficina, que vivía – sin hijos – sólo con su mujer, todo igual que yo. Nada le impedía llevar mi misma vida. Y pensaba: «Cada cosa que hago, cada paso que doy, cada mano que estrecho, cada frase que digo, cada carta que dicto, cada pensamiento que tengo, cada beso que estampo sobre mi mujer, los estará haciendo, dando, estrechando, diciendo, dictando, teniendo, estampando Gualta sobre *su* mujer. Esto no puede ser.»

Después de aquel adverso encuentro sabía que volveríamos a vernos cuatro meses más tarde, en la gran fiesta del quinto aniversario de la instalación de la empresa, americana de origen, en nuestro país. Y durante ese tiempo me apliqué a la tarea de modificar mi aspecto: me dejé crecer el bigote, que tardó en salir; empecé a no llevar siempre corbata, sustituyéndola – eso sí – por elegantes foulards;[8] empecé a fumar (tabaco inglés); e incluso me atreví a cubrir mis entradas con un discreto injerto capilar[9] japonés (coquetería y afeminamiento que ni Gualta ni mi yo anterior se habrían permitido jamás). En cuanto a mis maneras, hablaba más recio, evitaba expresiones como «constelación de interés-factores» o «dinámica del negocio-incógnita», que tan caras nos eran a Gualta y a mí; dejé de servir vino a las damas durante las cenas; dejé de ayudarlas a ponerse el abrigo; soltaba tacos[10] de vez en cuando.

Cuatro meses después, en aquella celebración barcelonesa, encontré a un Gualta que lucía un bigote raquítico y parecía tener más pelo del que le recordaba; fumaba un JPS[11] detrás de otro y no llevaba corbata sino papillon;[12] se palmoteaba los muslos al reír, hostigaba con los codos y decía frecuentemente «hostia, tú». Pero seguía siéndome tan odioso como antes. Aquella noche yo también llevaba papillon.

Fue a partir de entonces cuando el proceso de modificación de mi abominable persona se desencadenó. Buscaba a conciencia aquellas cosas que un tipo tan relamido, suavón, formal y sentencioso como Gualta (también piadoso) no podría haber hecho jamás, y a las horas y en los lugares en que más improbable resultaba que Gualta, en Barcelona, estuviera dedicando su tiempo y su espacio a los mismos desmanes que yo. Empecé a llegar tarde y a irme demasiado pronto de la oficina, a decir groserías a mis secretarias, a montar en cólera por cualquier nimiedad y a insultar a menudo al personal a mis órdenes, e incluso a cometer algunos errores de poca consecuencia que un hombre como Gualta, sin embargo, nunca habría cometido, tan avizor y perfeccionista era. Esto en cuanto a mi trabajo. En cuanto a mi mujer, a la que siempre respeté y veneré en extremo (hasta los treinta), poco a poco, con sutilezas, logré convencerla no sólo de que copuláramos a deshoras y en sitios impropios («Seguro que Gualta no es tan osado», pensé una noche mientras yacíamos – apresuradamente – sobre el techo de un quiosco de Príncipe de Vergara),[13] sino de que incurriéramos en desviaciones sexuales que sólo unos meses antes habríamos calificado de vejaciones sexuales y sevicias sexuales en el supuesto improbable de que (a través de terceros) hubiéramos sabido de ellas. Llegamos a cometer actos contra natura, esa beldad y yo.

Al cabo de tres meses más aguardaba con impaciencia un nuevo encuentro con Gualta, confiado como estaba en que ahora sería muy distinto de mí. Pero la ocasión tardaba en surgir, y por fin decidí viajar a Barcelona un fin de semana por mi cuenta y riesgo con el propósito de acechar el portal de su casa y comprobar – aunque fuera de lejos – los posibles cambios habidos en su persona y en su personalidad. O, mejor dicho, comprobar la eficacia de los operados en mí.

Durante dieciocho horas (repartidas entre sábado y domingo) estuve refugiado en una cafetería desde la que se divisaba la casa de Gualta, a la espera de que saliera. Pero no apareció, y sólo cuando ya estaba dudando si regresar derrotado a Madrid o subir al piso aunque ello me descubriera, vi salir del portal a la mosquita muerta. Iba vestida con cierto descuido, como si el éxito de su cónyuge ya no bastara para embellecerla artificialmente o su efecto no alcanzara a los días festivos. Pero en cambio se me antojó, a su paso ante la luna oscura que me ocultaba, una mujer mucho más inquietante que la que había visto en la cena madrileña y en la fiesta barcelonesa. La razón era muy simple, y me fue suficiente para comprender que mi originalidad no había sido tanta ni mis medidas tan atinadas: en su expresión reconocí a una mujer salaz y sexualmente viciosa. Siendo tan diferentes, tenía la misma mirada levemente estrábica (tan atrayente), turbadora y nublada de mi monumento.

Regresé a Madrid, convencido de que si Gualta no había salido de su casa en todo el fin de semana era debido a que aquel fin de semana él había viajado a Madrid y había estado durante horas apostado en La Orotava, la cafetería de enfrente de mi propia casa, vigilando mi posible salida que no se había producido al estar yo en Barcelona vigilando la suya que no se había producido por estar él en Madrid vigilando la mía. No había escapatoria.

Todavía hice algunas tentativas, ya sin fe. Pequeños detalles para completar el cambio, como hacerme socio del Real Madrid,[14] pensando que uno del Español no sería admitido en el Barça; o bien tomaba anís y cazalla – bebidas que me repugnan – en los baruchos del extrarradio,[15] seguro de que un délicat como Gualta no estaría dispuesto a semejantes sacrificios; también me dio por insultar en público al Papa, seguro de que a tanto no se atrevería mi fervoroso rival católico. Pero en realidad no estaba seguro de nada, y creo que ya nunca lo podré estar. Al cabo de un año y medio desde que conocí a

Gualta, mi carrera de ascensos en la empresa para la que aún trabajo está totalmente frenada, y aguardo el despido (con indemnización, eso sí) cualquier semana. Mi mujer – no sé si harta de corrupciones o, antes al contrario, porque mi fantasía ya no le bastaba y necesitaba buscar desenfrenos nuevos – me abandonó hace poco sin explicaciones. ¿Habrá hecho la mosquita muerta lo propio con Gualta? ¿Será su posición en la empresa tan frágil como la mía? No lo sabré, como he dicho, porque prefiero ignorarlo ahora. Pues ha llegado un momento en el que, si me cito con Gualta, pueden suceder dos cosas, ambas aterradoras, o más que la incertidumbre: puede ocurrir que me encuentre a un hombre opuesto al que conocí e idéntico a mi yo de ahora (desastrado, desmoralizado, negligente, mal educado, blasfemo y pervertido) que quizá, sin embargo, me seguirá pareciendo tan execrable como el Xavier de Gualta de la vez primera. Respecto a la otra posibilidad, es aún peor: puede que me encuentre, intacto, al mismo Gualta que conocí: inmutable, cortés, jactancioso atildado, devoto y triunfal. Y si así fuera, habría de preguntarme, con una amargura que no podré soportar, por qué fui yo, de los dos, quien tuvo que claudicar y renunciar a su biografía.

(Reproduced from *Mientras ellas duermen* [Barcelona: Anagrama, 1990] pp. 115-125.)

JOSÉ MARÍA MERINO

Born in A Coruña, 1941, José María Merino spent many years in León and is now living in Madrid. Best known for his novels and short stories, which have influenced younger writers, he is also a poet, a travel writer and author of a trilogy of novels for young people. Published work includes the novels: *Novela de Andrés Choz* (1976, Premio Novelas y Cuentos), *El caldero de oro* (1981), *La orilla oscura* (1985, Premio de la Crítica), *El centro del aire* (1991), and *Las visiones de Lucrecia* (1996); and three collections of short stories: *Cuentos del reino secreto* (1982), *El viajero perdido* (1990) and *Cuentos del Barrio del Refugio* (1994).

Imposibilidad de la memoria

Había regresado del viaje unos días antes de lo previsto y Javier no se encontraba todavía en casa. El verano estaba en su apogeo y, cuando abrió la puerta, le sorprendió encontrar un olor muy tenue, como a perfume rancio, entre el calor que se apelmazaba en la penumbra.

Pensó que se trataba de esa corrupción invisible de las huellas de presencia humana que normalmente se mantiene en las estancias que han estado cierto tiempo deshabitadas. Abrió las ventanas para ventilar la casa y, tras deshacer las maletas y refrescarse con una ducha, fue al mercado y eligió, con parsimonia caprichosa, verduras para una ensalada.

Al volver, la entrada en el oscuro recibidor le hizo reconocer nuevamente la presencia de aquel olor levemente almizclado y sospechó que, cuando Javier dejó la casa para irse a las islas – ella se había marchado casi una semana antes – debía haber olvidado alguna fruta, o un pedazo de queso, o un vaso de licor. O había derramado, con las prisas, algún producto de droguería que nadie había limpiado después.

Se desazonó, pues era un olor extraño que marcaba una señal intrusa entre las que identificaban los rincones y los claroscuros de la casa, envueltos con el correr de los años en esa compleja pero familiar mezcolanza de aromas y de ecos que acaba aplacando nuestros temores más profundos, al simular unos ámbitos invariables.

Buscó el origen del olor, pero no fue capaz de localizarlo. Y revisaba por segunda vez una papelera donde habían quedado algunos recibos arrugados, cuando comprendió que no había motivo que guardase proporción con aquella búsqueda minuciosa y obsesiva, y que era absurdo persistir en su empeño.

Así, tras ordenar las persianas para que la casa quedase ensombrecida, preparó la ensalada y la tomó despacio, devorando con avidez y placer aquellas verduras crudas de las que había debido abstenerse durante casi un mes, por esa elemental precaución que se aconseja frente a algunos alimentos del trópico. Se hizo luego un café bien cargado y lo llevó a la sala, dispuesta a repasar el pequeño montón de la correspondencia.

Fue allí donde reencontró el olor olvidado a lo largo de la comida. Recorrió la habitación lentamente, con desasosiego. El olor parecía concentrarse junto a uno de los lados de la librería grande, en el lugar que ocupaba habitualmente la dracena,[1] trasladada aquellos días a casa de un amigo de Javier que no había salido de Madrid.

Se trataba, ciertamente, de un olor singular, mestizo de perfume y hedor, pero tan leve, tan escaso, que hubiera pasado desapercibido para cualquier persona que no tuviese la especial sensibilidad que ella poseía para tales cosas.

Captó el sonido aquella misma noche. Hacía muchísimo calor y se acostó pronto, llevándose a la cama la novela que había comenzado a leer durante el largo vuelo, un libro que sucedía en los años de su mocedad y que protagonizaban personajes que querían representar algunas de las actitudes de la gente de su generación.

Mas apenas fijaba la atención en la lectura, distraída por los murmullos de conversaciones y de risas y por los ruidos de coches que llegaban de la calle, e inquieta todavía por el olor sutil que conseguía alcanzar su cama desde la sala, en el otro extremo de la casa.

Si no fuera imposible, habría creído que estaba embarazada, pues a alguna de sus amigas le había oído describir, entre otras experiencias de la preñez, esa exageración del sentido del olfato que puede llegar a lo grotesco. La idea de un eventual embarazo revoloteó súbitamente en su conciencia, como esos pájaros que alzan el vuelo sobresaltándonos, cuando atravesamos un paraje solitario.

Sus largas relaciones con Javier se habían convertido hacía ya muchos años en vida compartida, donde el amor físico ocupaba un espacio necesario, pero bien delimitado, como otra costumbre higiénica, y donde cualquier posibilidad de hijos había quedado desechada por un firme y antiguo pacto entre los dos. Pero la evocación de ajenas gravideces y la remembranza de un Javier cada vez más abstraído en sus proyectos y trabajos, introdujo en su despreocupada quietud un soplo de melancolía.

Volvió entonces a pensar que Javier, con los años, había cambiado bastante. Se había hecho más introvertido, muy propenso a silencios ensimismados. Dormía cada vez peor, y siempre ayudándose de pastillas. Con el paso del tiempo había dejado de oír música – no sólo en concierto, sino en discos – apenas compartía con ella comentarios que tuviesen como referencia otras anécdotas que las de la inmediata domesticidad, y sólo algunos libros

– ante la insistencia de ella en hacérselos leer – alzaban todavía entre ellos puentes esporádicos para alguna charla que pudiese trascender las vacuidades cotidianas.

Javier tendía a encerrarse en un reducto de muda lejanía, cuya forma exterior era un apático desplome de miembros sobre el más antiguo sillón de la sala, y abundante consumición de alcohol, sobre todo desde el momento en que regresaba a casa, a últimas horas de la tarde.

Por su parte, ella misma se había sumergido también cada vez más en sus propios asuntos. y sobre todo en el trabajo y la relación con las gentes del equipo, hasta el punto de que el desarrollo de cualquier programa la absorbía – en un esfuerzo por convertir su entrega en interés – tanto como en otros tiempos lo hicieron también las películas, los conciertos o las acciones reivindicativas.

'Enloqueceríamos si fuésemos capaces de comprender hasta qué punto podemos llegar a cambiar. Nos convertimos en otros seres. Ese doble vampírico de algún relato de terror', pensó, repitiendo un tópico habitual en sus reflexiones.

Javier había cambiado mucho, pero acaso fuese cierto que la pérdida de identidad era una de las señales de este tiempo, y que ya no quedaba en el mundo nada humano que pudiese conservar su sustancia. Él mismo lo había afirmado con frases rotundas, en una de aquellas ocasiones en que mantuvieron una conversación alzada sobre lo estrictamente doméstico.

– La identidad ya sólo existe en las ensoñaciones de los ayatolas,[2] de los aberchales,[3] de gente así – había dicho, haciendo girar la bebida en el vaso con habilidad –. Aunque parezcan irreductibles, son puras figuraciones, delirios. Realmente ya no hay nada que mantenga el alma igual, día tras día. Desgraciadamente ya no está loco quien cambia, sino quien no es capaz de incorporarse a la continua mutación de todo. De ahí la imposibilidad de la memoria.

Dejó la novela sobre la mesita y apagó la lámpara. Las rendijas ahusadas de la persiana se convirtieron en ojillos plateados. Los murmullos se iban hundiendo en la madrugada convertidos en el residuo deforme de la conversación originaria, del primer diálogo de la noche. Aunque necesitaba dormir, pues los cambios de horario y el *jet-lag* le habían escamoteado el tiempo del sueño, no lo conseguía.

Entonces fue cuando captó el sonido. No era un roer, aunque lo parecía. Era más bien un entrechocar de piezas diminutas, un castañeteo. No le concedió al principio ninguna importancia, suponiendo que provenía del temblor de una cortina ante algún golpe de brisa, o que se trataba de uno de esos minúsculos crujidos domésticos que sólo la negrura de la noche reviste de apariencia misteriosa. Pero más tarde comprendió que no era un sonido aislado, esporádico, sino un rumor que, aunque casi inaudible, persistía. Como un tiritar.

Encendió la luz y recorrió la alcoba con la mirada, descubriendo que, sobre la cómoda antigua cuya posesión tanto la enorgullecía, faltaba su retrato de muchacha, lo que la hizo levantarse para comprobar que el retrato permanecía allí, aunque boca abajo, con el soporte plegado.

Colocó de nuevo el retrato en la posición habitual y se contempló a sí misma en su imagen de joven estudiante, con un sentimiento de desconfianza y lejanía. Quedó luego inmóvil, al acecho de aquel tenue rumor, hasta que volvió a escucharlo.

Salió de la alcoba y, aunque no tenía miedo de la oscuridad, fue encendiendo a su paso las luces sucesivas y registró con aprensión cada una de las habitaciones, sin percibir la causa del fenómeno.

Antes de entrar en la sala, tuvo el presentimiento de que el rumorcillo castañeteante estaba directamente relacionado con el olor de desconocida procedencia. Y aunque lo rechazó al punto con firmeza – pues para sus análisis de los sucesos anteponía el racionalismo y la lógica formal a cualquier intuición –, lo cierto era que tropezaba con un fenómeno de difícil interpretación, ya que el sonido parecía provenir del mismo lugar en que se originaba el olor – aquel espacio entre la librería grande y el extremo del ventanal que normalmente ocupaba la dracena –, iluminado apenas por la lámpara que se encendía desde la puerta de entrada.

Tuvo la tentación de regresar a la alcoba, para buscar en la cómoda la linternilla que llevaba siempre en sus viajes, pero una brusca vergüenza sacudió su ánimo y su cuerpo. 'Parezco imbécil', murmuró, mientras se acercaba al lugar con firmes pasos y encendía la lámpara más cercana al sofá.

Desde aquella posición era posible percibir con mayor claridad el tenue tiritar, el roer minúsculo que, por el sitio en que se producía, parecía mostrar una correspondencia precisa con el olor. Sin embargo, el lugar estaba totalmente vacío, y sólo una ligera mancha circular sobre la madera del suelo recordaba la ausencia del tiesto.

Superando también un indefinible temor, extendió la mano para tocar la pared y el suelo, pero la retiró con brusquedad, pues percibió en aquel rincón un frío incongruente, como si, contra todas las leyes, hubiese allí una temperatura varios grados por debajo de la que se mantenía en el resto de la casa.

Pensó que debía tranquilizarse. Se trataba sin duda de alucinaciones que debían ser fruto del cansancio del viaje, del salto al océano. Nunca anteriormente había tenido este tipo de experiencias, pero sabía que, aunque raro, es posible y hasta común, en determinadas circunstancias psicológicas, percibir como verdaderos simples productos de la imaginación, excitada por estímulos acústicos o luminosos.

Volvió a la cama con pasos lentos y tranquilos, apagando una a una las luces; mantuvo abierta la puerta de la alcoba – como un desafío a su aprensión – y envolvió en la sábana su cuerpo, firmemente aferrada a la costumbre de entereza que la había hecho despreciar, desde la infancia, los temores injustificados. Y también por un esfuerzo de la voluntad acabó quedándose dormida, aunque el olor y el tiritar se mantuvieron en su conciencia con la fatalidad insoslayable de las pesadillas.

Estuvo fuera casi todo el día siguiente. Fue a la piscina y siguió leyendo la novela. Era una novela de muy poca calidad literaria, pero de cierta notoriedad, por haber ganado un premio conocido. Despachaba, con ciertos toques de humor frívolo y mucha malevolencia – que seguramente era debida más a la peculiar personalidad del autor que a su conocimiento del tema –, algunas actitudes políticas de la generación a que ella misma pertenecía.

Tumbada bajo el sol, pensó entonces, burlonamente, que sus alucinaciones domésticas estaban nutridas de sustancia novelesca. En ciertos momentos de cansancio de nuestro cuerpo o debilidad de nuestra razón, acaso ciertos entes de ficción que podemos encontrar solamente en las novelas consiguen aparentar que salen de su marco natural. Así deben producirse algunos de esos delirios que, en ocasiones, son aviso de locura. Animales horrendos, engendros de ultratumba, seres dotados de cualidades impensables en el mundo real, seres venidos de astros remotos o surgidos de arcanas criptas.

Aunque en sus lecturas de novelas procuraba estar al tanto de lo que se publicaba dentro del campo estrictamente literario, lo frecuente de sus viajes la había acostumbrado a leer, por puro entretenimiento, muchas novelas de género, policiacas y fantásticas, o de simple moda, como la que tenía entre las manos. 'Para eso sirve leer tanta porquería', pensó. El sueño de la razón[4] era aprovechado por elucubraciones estrambóticas y majaderas.

Estaba abstraída y una sonrisa involuntaria fue interpretada por un joven cercano como un gesto propicio a la aproximación. Así, volvió con sorpresa a la realidad al ser interpelada por el ocioso bañista. Resistiendo la risa, cambió con él unas cuantas frases y luego consiguió alejarle, no sin sentir dentro de ella un breve ramalazo de deseo.

'Estás cansada, trabajar en el trópico es peor que trabajar aquí, no has tenido vacaciones, hace un calor infernal, te aburres.'

Aunque Javier se hubiera vuelto tan ajeno, su mera compañía era una distracción. Pero él no había dejado señas, ni llamaba. Comprendió que, a todo lo demás, se unía un enojo creciente contra Javier. 'Al fin y al cabo, él sabe de sobra que yo regresaba el dieciséis. Podía telefonear.'

Mas Javier no telefoneó aquel día, ni al día siguiente, ni al otro. Mientras tanto, y aunque ella pasaba fuera de casa varias horas, sutiles novedades se

José María Merino

incorporaron al leve olor y al diminuto tiritar. Se trataba del sonido de un rascar ligerísimo, que parecía provenir de unas uñas muy pequeñas o muy débiles y que encontraba eco especialmente resonante en la librería de la sala, en el mismo lugar de los otros fenómenos.

Una nueva inspección le permitió descubrir, ya en la evidencia de una extraña irregularidad que parecía cada vez más obligada a asumir, que en la superficie del tablero vertical de la librería, junto al lugar del olor y de los ruidos, estaban apareciendo ligeros arañazos, como si fuesen la marca de unas uñas.

La noche del sábado recibió una llamada telefónica y se apoderó del aparato con rapidez. Mas no era Javier, y lo que supo a continuación la llenó de estupor y se convirtió en señal evidente de que, en su vida, estaba apareciendo progresivamente una sucesión de hechos sin sentido.

Al otro lado del teléfono estaba el socio de Javier, con quien éste debía pasar las vacaciones en las islas. Unas vacaciones que eran también un encuentro de trabajo, para preparar una campaña publicitaria especialmente importante. Dijo que la llamaba imaginando que ella habría regresado ya.

– ¿Qué quieres? – preguntó ella.

– ¿Está contigo Javier? – preguntó, a su vez, el socio.

– ¿Conmigo? Yo he llegado hace casi una semana y no sé nada de Javier – repuso ella –. ¿Dónde está?

El socio, tras un titubeo, habló tan rápidamente que ella apenas era capaz de seguirle. Pero al fin consiguió saber que Javier no estaba en las islas, que no había llegado allí.

– He llamado a vuestra casa no sé cuántas veces. No sé nada de él. Me dejó colgado, sin avisar. No creas que no me preocupa.

Aquella información la desconcertó, pues Javier tenía sus pasajes y había preparado minuciosamente una carpeta con sus borradores del proyecto. Para el viaje, había comprado una maleta pequeña, y algunas camisas y bañadores en las rebajas. Sin embargo, el socio era rotundo en sus afirmaciones: Javier no había llegado a las islas. Y esto significaba que Javier llevaba, al parecer, más de veinte días en algún destino que ni ella ni el socio conocían.

Se trataba de algo tan insólito, que todas las aprensiones debidas a olores y ruidos se esfumaron, sustituidas por una imperiosa inquietud.

La noche era también muy calurosa y ella permaneció en el estudio de Javier. Al fin recordó al amigo del ático, aquél a quien encomendaran el cuidado de las plantas. Al otro lado del teléfono, el hombre manifestó una gran extrañeza, entreverada luego de oscuras reticencias.

– ¿No se fue?

– Dice Alexander, su socio, que no ha llegado allí. Que él ha llamado muchas veces a casa pero que no le ha encontrado.

El otro se mantuvo en silencio unos instantes.

39

– ¿Qué pasa? – preguntó ella.

– Nada – dijo el otro –. Trasladamos las plantas la víspera de que se fuese. Me dijo que salía al día siguiente, en el avión de las once. Tuve que pasar por ahí otra vez, a recoger unas gafas que me había olvidado el día anterior, con el traslado de las plantas, unas gafas de sol. Tenía el maletín preparado, y una cartera de mano. Pero estaba raro.

– ¿Raro? ¿Por qué?

– Había dejado la puerta de la calle abierta y estaba sentado en el suelo, de espaldas contra la pared, hablando solo. Tenía el gesto muy serio. Estaba sudando, porque hacía mucho calor.

– ¿Sentado en el suelo?

– Entre el armario y el ventanal. Inmóvil como una escultura. Primero me pareció que había bebido, pero no olía a alcohol. Decía cosas un poco estrambóticas, como si discursease. Hablaba de la imposibilidad de la memoria. Tardó unos momentos en darse cuenta de mi presencia. Luego se levantó y me acompañó hasta la puerta con toda normalidad. Le pregunté si estaba deprimido otra vez y me dijo que no.

No hablaron más de Javier.

– Ya que has regresado, trasladamos las plantas cuando te convenga. No me corre prisa, pero prefiero que vuelvan a vuestra casa. Entre unos y otros, esto parece una selva. Entre tiestos y gatos, tengo bastante jaleo.

Estaba hablando solo, sentado en el suelo, y no había bebido. Llevaban juntos más de veinte años – primero en la Facultad, cuando sólo las pensiones o la habitación de algún amigo servían de santuarios secretos para su intimidad; luego en distintos lugares, hasta ocupar el piso de Don Ramón de la Cruz[5] – y únicamente le había visto sentarse en el suelo y hablar a solas cuando un muchacho adicto a las drogas, hijo de un amigo íntimo y antiguo compañero, había muerto como consecuencia de su sujeción.

Sin embargo, una secreta y ácida sospecha acosaba a veces su seguridad. Hacía mucho tiempo que no hablaba con Javier de muchas cosas, pero sobre todo de lo que concernía a su propia relación. Todo entre ellos estaba dicho ya y parecía imposible recuperar la comunicación. Rumiantes de una confianza lejana, apenas trataban temas que no se adscribiesen a la rutina de los calendarios. Así, no podía asegurar que Javier no pudiese estar atravesando un período difícil, preocupado por problemas de su trabajo o enredado en algún dilema, incluso amoroso, que ella desconocía.

Sintió la comezón de la mala conciencia. 'En las navidades pasadas hablamos mucho', pensó. Pero no de ellos. Hacía muchos años que no se contaban nada verdaderamente personal, excepto lo relacionado con posibles molestias o indisposiciones físicas.

Se dirigió al estudio, se sentó ante la mesa de Javier – donde las cosas mostraban desde hacía muchos años la misma apariencia, en un orden planteado más como signo disuasorio frente a los curiosos que como consecuencia del uso – y se dispuso a buscar algún mensaje que pudiera justificar o explicar aquella desaparición.

En su búsqueda, no encontró nada que le aclarase la ausencia; pero, como traídos de modo incongruente desde algún punto muy remoto en el tiempo, descubrió – sorprendida de la capacidad de Javier para archivarlo todo tan meticulosamente – viejos documentos y papeles, panfletos y hojas volanderas, fotos y cartas. Más de cuatro lustros la separaban de aquello.

De nuevo comprendía – pero esta vez con incomodidad que acrecentaba su disgusto consigo misma – que nada de aquellos antiguos testimonios era para ella cercano, pues todo parecía propio de una antigüedad ajena. Sin embargo, aquellos restos le devolvían, inevitablemente, el talante ostentado con tanto fervor, la huella inconfundible de aquellas pasadas certezas.

Recordó la fe de Javier y su propio enardecimiento, cuando estaba encendido dentro de ellos, como un afán obsesivo, como una vivísima y reconfortante pasión, el odio contra aquel mundo en que vivían; cuando estaban seguros de que todo iba a transformarse y de que eran ellos, precisamente ellos, una parte de lo que iba a ser capaz de transformarlo todo.

En aquellos poemas, aquellas frases lapidarias y aforismos, entre los discursos, las soflamas y las gacetillas, se mantenían, resecas como las hojas que se han guardado entre las páginas del diccionario, aquellas convicciones estentóreas de que el mundo iba a ser distinto, sin hambre ni ignorancia, sin guerra ni miseria, sin explotación ni privilegios.

A veces, ya en tiempos más cercanos a éste, ambos se burlaban de su ardor de entonces, de tanta crispación de ribetes heroicos. Y era verdad que en aquel tiempo todo estaba arropado de retórica, de idealismo pretencioso, aunque el mayor peligro – con el abuso que hacía a unos pueblos del mundo infinitamente pobres, frente a otros que lo derrochaban todo – era la guerra nuclear.

– La guerra nuclear. Nos aterrorizaba pensar que estaba a punto de estallar la guerra nuclear, y que todo se iba a ir al carajo[6] – había comentado Javier –. ¿No es para morirse de risa? Ahora sabemos que el mundo se está aniquilando rápidamente, sin necesidad de ninguna guerra nuclear. Antes de diez años empezarán a decir que escasea el oxígeno. Pero la catástrofe, el arma definitiva, ha sido el ridículo: han conseguido que los soñadores se avergüencen de sus utopías.

Sobre la mesa estaban algunos de los eslóganes de la última campaña de Javier para las margarinas. Javier no había vuelto a escribir ningún verso desde hacía muchos años, pero – comentando muchas veces con sorna el

41

significado de los productos de su ingenio – se esforzaba en la preparación de sus textos publicitarios tanto como antes lo hiciera para escribir un poema o redactar un panfleto. Pues habían vivido todo aquello con la dedicación de los revolucionarios clásicos, en una mística de penumbra y entresuelos, con murmullos frenéticos, ropas oscuras y la intuición certera de una aurora naciente.

Con los años y el fracaso de aquella fe se habían acostumbrado a considerar que todo había sido solamente aparato, artificio, todo falso e impostado.

¿Era realmente así? ¿Tenían razón estos costumbristas diletantes que pretendían rememorar aquello desde la falsedad de presentar a los jóvenes revolucionarios como huéspedes cómodos de hoteles de lujo? ¿Debía sonreírse, como si se asintiese, y aceptar el olvido como algo beneficioso? ¿Era, pues, más razonable esta trivialización, y conceder validez solamente a la retórica burlesca? ¿Significaba a fin de cuentas lo mismo este apogeo de la fruslería que aquellos pruritos trascendentes?

Se examinaba sin afecto en una foto lejana cuando recordó un comentario de Javier sobre los viejos tiempos. Estaba hojeando una revista. De pronto, volvió la mirada hacia ella y, con gesto en que se mostraba una intención oculta, se la alargó.

– Mira – dijo –. Dime qué ves.

Ella echó un vistazo a la página. Había varias fotos de grupos, en una fiesta o una celebración. Destacaban las figuras de algunos políticos conocidos.

– ¿Qué quieres que vea?

– ¿No te llama la atención ninguna cosa?

Volvió a observar las fotos; junto a los rostros que la prensa y la televisión habían incorporado a la iconografía cotidiana, había otros, masculinos y femeninos, que mantenían un anonimato satisfecho y sonriente.

– No. ¿En qué debo fijarme?

– Mira esta cara – repuso él –. Es el Poe.

– ¿El Poe?

Él se reclinó en su asiento, acercándose a ella.

– ¿No le reconoces?

Al fin le vio claramente, reencontrando uno de los rostros protagonistas de su juventud. También habían compartido con él muchas noches de miedo y conspiración, de premoniciones triunfales y mala ginebra.

– ¿Ahora sí? – exclamó él, con una sonrisa –. Todos nosotros estamos haciéndonos invisibles.

Y al recordar aquel comentario recordó también que el olorcillo que se había apoderado de la casa era similar al de una loción de afeitar que, cuando eran todavía estudiantes, había adquirido Javier en las liquidaciones de una droguería del barrio, y que a ella le había parecido pasado y descompuesto, cuando lo olió. 'Ha perdido el espíritu', había respondido él.

Se puso en pie de un salto y fue corriendo a la sala. Llegó hasta el lugar que la dracena ocupaba habitualmente y se arrodilló, extendiendo las manos hasta palpar el frío. Era como una esfera y su tacto resultaba suave, a pesar de la diferencia de grados. 'Javier', musitó, y los arañazos y casteñeteos se aplacaron.

Recordó también dos actitudes de Javier que podían tener alguna correspondencia con estos sonidos: una, cierto apretón de maxilares, con el subsiguiente frotar de muelas y dientes, que solía él hacer cuando estaba abstraído o preocupado por algo; otra, el gesto, también al parecer inconsciente y automático, de tamborilear con los dedos en las mesas y rascar suavemente sus superficies.

'Javier' – repitió –, '¿qué ha sucedido?' Pero la presencia invisible – porque al fin sabía ella que de una presencia invisible se trataba – continuó en silencio.

Pasó muchos más días allí sentada, con la espalda apoyada en el mueble y los brazos rodeando sus rodillas. Algún yogur, magdalenas, tomates, eran su alimento. Intentó comunicar con el invisible. Su único éxito consistió en aplacar los arañazos y las tiritonas, que ya no se producían en su presencia.

Continuó haciendo mucho calor, y ella, en la penumbra de la sala, había bajado casi del todo las persianas y escuchaba discos, aspirando, siempre con la misma extrañeza, aquel perfume rancio. Los últimos días de agosto hubo muchas llamadas telefónicas, pero no contestó a ninguna ni conectó el automático.

El primer día de septiembre se levantó muy temprano, inquieta por un sueño que no era capaz de recordar. Fue deprisa al cuarto de baño y buscó su rostro en el espejo. Reflejados en aquella superficie, aparatos sanitarios, cortinas, frascos, toallas, mostraban una presencia sólida, cuyo bulto acentuaba la doble iluminación de las lámparas eléctricas y del resplandor primero del día.

Buscó su propio rostro, pero no halló sino la soledad del cuarto vacío, en una perspectiva imposible para cualquier mirada humana. Pues todo rastro visible de sí misma había también desaparecido.

(Reproduced from *El viajero perdido* [Madrid: Alfaguara, 1990] pp. 57-74.)

JUAN JOSÉ MILLÁS

Juan José Millás was born in Valencia, 1947; in the early fifties his family moved to Madrid, where he still lives. A regular contributor to newpapers and magazines, he teaches creative writing at the Escuela de Letras in Madrid. His novels include: *Cerbero son las sombras* (1974, Premio Sésamo), *Visión del ahogado* (1977), *El jardín vacío* (1981), *Papel mojado* (1983), *Letra muerta* (1983), *El desorden de tu nombre* (1988), *La soledad era esto* (1990, Premio Nadal), *Volver a casa* (1990), and the latest *Tonto, muerto, bastardo e invisible* (1995), which concludes a narrative cycle. He is also the author of four collections of short stories: *Primavera de luto y otros cuentos* (1992); *Ella imagina* (1994), which includes a short play of the same title; *Algo que te concierne* (1995); and *Cuentos a la intemperie* (1997).

Los dedos

Como hacía una mañana muy agradable, decidí ir a la oficina dando un paseo. Todo iba bien, si exceptuamos que al mover el pie derecho me parecía escuchar un ruido como de sonajero[1] proveniente del dedo gordo de ese pie; daba la impresión de que algún objeto duro anduviera suelto en su interior golpeándose contra las paredes.

Cuando llegué al despacho me descalcé y comprobé que, en efecto, el sonido procedía del pie y no del zapato. Observé el dedo gordo desde todos los ángulos por si tuviera alguna grieta o ranura que permitiera asomarse a su interior, pero choqué con una envoltura hermética, repleta de callosidades y muy resistente a mis manipulaciones. Finalmente advertí que la uña actuaba como tapadera y que se podía quitar desplazándola hacia adelante, igual que la de los plumieres.[2] De este modo, abrí el dedo y vi que estaba lleno de pequeños lápices de colores que se habían desordenado con el movimiento. Los coloqué como era debido y luego me entretuve con los otros dedos, cuyas tapaderas se quitaban con idéntica facilidad. En uno había un cuadernito con dibujos para colorear. En otro, un sacapuntas diminuto, en el siguiente, una reglita; por fin, en el más pequeño, encontré una goma de borrar del tamaño de un valium. Saqué el cuaderno y un lápiz para pintar, pero en ese momento se abrió la puerta del despacho y apareció mi jefe, que se puso pálido de envidia y salió dando gritos. La verdad es que yo no había tenido la precaución de colocar las uñas en su sitio y me pilló con todas las cajas de los dedos abiertas. Por taparlas con prisas me hice algunas heridas y me han traído al hospital. Ahora estoy deseando que me manden a casa para mirar con tranquilidad lo que tengo en los dedos del pie izquierdo, porque cuando lo muevo suenan como si hubiera canicas de cristal.[3]

(Reproduced from *Algo que te concierne* [Madrid: El País/Aguilar, 1995] pp. 47-8)

44

Trastornos de carácter

A lo largo de estos días se cumplirá el primer aniversario de la extraña desaparición de mi amigo Vicente Holgado. El otoño había empezado poco antes con unas lluvias templadas que habían dejado en los parques y en el corazón de las gentes una humedad algo retórica, muy favorable para la tristeza, aunque también para la euforia. El estado de ánimo de mi amigo oscilaba entre ambos extremos, pero yo atribuí su inestabilidad al hecho de que había dejado de fumar.

Vicente Holgado y yo éramos vecinos en una casa de apartamentos de la calle de Canillas, en el barrio de Prosperidad, de Madrid. Nos conocimos de un modo singular un día en el que, venciendo yo mi natural timidez, llamé a su puerta para protestar no ya por el volumen excesivo de su tocadiscos, sino porque sólo ponía en él canciones de Simon y Garfunkel, dúo al que yo adoraba hasta que Vicente Holgado ocupó el apartamento contiguo al mío, irregularmente habitado hasta entonces por un soldado que, contra todo pronóstico, murió un fin de semana, en su pueblo aquejado de una sobredosis de fabada.[4] Vicente me invitó a pasar y escuchó con parsimonia irónica mis quejas, al tiempo que servía unos whiskys y ponía en el vídeo una cinta de la actuación de Simon y Garfunkel en el Central Park neoyorkino.[5] Me quedé a ver la cinta y nos hicimos amigos.

Sería costoso hacer en pocas líneas un retrato de su extravagante personalidad, pero lo intentaré, siquiera sea para situar al personaje y contextuar así debidamente su para algunos inexplicable desaparición. Tenía, como yo, 39 años y era hijo único de una familia cuyo árbol genealógico había sido cruelmente podado por las tijeras del azar o de la impotencia hasta el extremo de haber llegado a carecer de ramas laterales.[6] Poco antes de trasladarse a Canillas había perdido a su padre, viudo desde hacía algunos años, quedándose de golpe sin familia de ninguna clase. Pese a ello, no parecía un hombre feliz. No podría afirmar tampoco que se tratara de una persona manifiestamente desdichada, pero su voz nostálgica, su actitud general de pesadumbre y sus tristes ojos conformaban un tipo de carácter bajo en calorías que, sin embargo, a mí me resultaba especialmente acogedor. Pronto advertí que carecía de amigos y que tampoco necesitaba trabajar, pues vivía del alquiler de tres o cuatro pisos grandes que su padre le había dejado como herencia. En su casa no había libros, aunque sí enormes cantidades de discos y de cintas de vídeo meticulosamente ordenadas en mueble especialmente diseñado para esa función. La televisión ocupaba, pues, un lugar de privilegio en el angosto salón, impersonalmente amueblado, en uno de cuyos extremos había un agujero que llamábamos cocina. Su apartamento era una réplica del mío y,

45

dado que uno era la prolongación del otro, mantenían entre sí una relación especular[7] algo inquietante.

Por lo demás, he de decir que Vicente Holgado sólo comía embutidos, yogures desnatados y pan de molde, y que bajaba a la tienda un par de veces por semana ataviado con las zapatillas de cuadros que usaba en casa y con un pijama liso, sobre el que solía ponerse una gabardina que a mí me recordaba las que suelen usar los exhibicionistas[8] en los chistes.

Un día, al regresar de mi trabajo, no escuché el tocadiscos de Vicente, ni su televisor, ni ningún otro ruido de los que producía habitualmente en su deambular por el pequeño apartamento. El silencio se prolongó durante el resto de la jornada, de manera que al llegar la noche, en la cama, empecé a preocuparme y me atacó el insomnio. La verdad es que lo echaba de menos. La relación especular que he citado entre su apartamento y el mío se había extendido ya en los últimos tiempos hasta alcanzar a nosotros.

Así, por las noches, cuando me lavaba los dientes en mi cuarto de baño, separado del suyo por un delgado tabique, imaginaba a Holgado cepillándose también al otro lado de mi espejo. Y cuando retiraba las sábanas para acostarme, fantaseaba con que mi amigo ejecutaba idénticos movimientos y en los mismos instantes en que los realizaba yo. Si me levantaba para ir a la nevera a beber agua, imaginaba a Vicente abriendo la puerta de su frigorífico al tiempo que yo abría la del mío. En fin, hasta de mis sueños llegué a pensar que eran un reflejo de los suyos; todo ello, según creo, para aliviar la soledad que esta clase de viviendas suele inflingir a quienes permanecen en ellas más de un año. No he conocido todavía a ningún habitante de apartamento enmoquetado y angosto que no haya sufrido serios trastornos de carácter entre el primero y el segundo año de acceder a esa clase de muerte atenuada que supone vivir en una caja.

El caso es que me levanté esa noche y fui a llamar a su puerta. No respondió nadie. Al día siguiente volví a hacerlo, con idéntico resultado. Traté de explicarme su ausencia argumentando que quizá hubiera tenido que salir urgentemente de viaje, pero la excusa era increíble, ya que Vicente Holgado odiaba viajar y que su vestuario se reducía a siete u ocho pijamas, tres pares de zapatillas, dos batas y la mencionada gabardina de exhibicionista, con la que podía bajar a la tienda o acercarse al banco para retirar el poco dinero con el que parecía subsistir, pero con la que no habría podido llegar mucho más lejos sin llamar seriamente la atención. Es cierto que una vez me confesó que tenía un traje que solía ponerse cuando se aventuraba a viajar (así lo llamaba él) por otros barrios en busca de películas de vídeo, pero la verdad es que yo nunca se lo vi. Por otra parte, al poco de conocernos, descargó sobre mí tal responsabilidad. Cerca de mi oficina había un videoclub en el que yo alquilaba las películas que por la noche solíamos ver juntos.

Bueno, la explicación del viaje no servía.

Al cuarto día, me parece, bajé a ver el portero de la finca y le expuse mi preocupación. Este hombre tenía un duplicado de todas las llaves de la casa y, conociendo mi amistad con Vicente Holgado, no me costó convencerle de que deberíamos subir para ver qué pasaba. Antes de introducir la llave en la embocadura, llamamos al timbre tres o cuatro veces. Luego decidimos abrir, y nos llevamos una buena sorpresa al comprobar que estaba puesta la cadena de seguridad, que sólo era posible colocar desde dentro. Por la estrecha abertura que la cadena nos permitió hacer, llamé varias veces a Vicente, sin obtener respuesta. Una inquietud o un miedo de difícil calificación comenzó a invadir la zona de mi cuerpo a la que los forenses llaman paquete intestinal. El portero me tranquilizó:

– No debe de estar muerto, porque ya olería.

Desde mi apartamento llamamos a la comisaría de la calle de Cartagena y expusimos el caso. Al poco se presentaron con un mandamiento judicial tres policías, que con un ligero empujón vencieron la escasa resistencia de la cadena. Penetramos todos en el apartamento de mi amigo con la actitud del que llega tarde a un concierto. En el salón no había nada anormal, ni en el pequeño dormitorio. Los policías miraron debajo de la cama, en el armario empotrado, en la nevera. Nada. Pero lo más sorprendente es que las dos únicas ventanas de la casa estaban cerradas también por dentro. Nos encontrábamos ante lo que los especialistas en novela policiaca llaman el problema del recinto cerrado, consistente en situar a la víctima de un crimen dentro de una habitación cuyas posibles salidas han sido selladas desde el interior. En nuestro caso no había víctimas, pero el problema era idéntico, pues no se comprendía cómo Vicente Holgado podía haber salido de su piso tras utilizar mecanismos de cierre que sólo podían activarse desde el interior de la vivienda.

Durante los días que siguieron a este extraño suceso, la policía me molestó bastante; sospechaban de mí por razones que nunca me explicaron, aunque imagino que el hecho de vivir solo y de aceptar la amistad de un sujeto como Holgado es más que suficiente para levantar toda clase de conjeturas en quienes han de enfrentarse a las numerosas manifestaciones de lo raro que una ciudad como Madrid produce diariamente. Los periódicos prestaron al caso una atención irregular, resuelta la mayoría de las veces con comentarios, que pretendían ser graciosos, acerca de la personalidad del desaparecido. El portero al que dejé de darle la propina mensual desde entonces, contribuyó a hacerlo todo más grotesco con sus opiniones sobre el carácter de mi amigo.

Pasado el tiempo, la policía se olvidó de mí y supongo que también de Vicente. Su expediente estará archivado ya en la amplia zona de casos sin resolver de algún sótano oficial. Yo, por mi parte, no me he acostumbrado a esta ausencia, que es más escandalosa si consideramos que su apartamento continúa en las mismas condiciones en que Vicente lo dejó. El juez encargado del caso no ha decidido aún qué debe hacerse con sus pertenencias, pese a las presiones del dueño, que – como es lógico – quiere alquilarlo de nuevo cuanto antes. Me encuentro, pues, en la dolorosa situación de enfrentarme a un espejo que ya no me refleja. Mis movimientos, mis deseos, mis sueños, ya no tienen su duplicado al otro lado del tabique; sin embargo, el marco en el que se producía tal duplicidad sigue intacto. Sólo ha desaparecido la imagen, la figura, la representación, a menos que aceptemos que yo sea la representación, la figura, la imagen, y Vicente Holgado fuera el objeto original, lo cual me reduciría a la condición de una sombra sin realidad. En fin.

Tal vez por eso, por el abandono y el aislamiento que me invaden, he decidido hacer público ahora algo que entonces oculté; de un lado, por no contribuir a ensuciar todavía más la memoria de mi amigo, y de otro, por el temor de que mi reputación de hombre normal – conseguida tras muchos años de esfuerzo y disimulo – sufriera alguna clase de menoscabo público.

No dudo de que esta declaración va a carrearme[9] todo tipo de problemas de orden social, laboral y familiar. Pero tampoco ignoro que la amistad tiene un precio y que el silencioso afecto que Vicente Holgado me dispensó he de devolvérselo ahora en forma de pública declaración, aunque ello sirva para diversión de aquéllos que no ven más allá de sus narices.

El caso es que Vicente, las semanas previas a su desaparición, había comenzado a prestar una atención desmesurada al armario empotrado de su piso. Un día que estábamos aturdiéndonos con whisky frente al televisor hizo un comentario que no venía a cuento:

– ¿Te has fijado – dijo – en que lo mejor de este apartamento es el armario empotrado?

– Está bien, es amplio – respondí.

– Es mejor que amplio: es cómodo – apuntó él.

Le di la razón mecánicamente y continué viendo la película. Él se levantó del sofá, se acercó al armario, lo abrió y comenzó a modificar cosas en su interior. Al poco, se volvió y me dijo:

– Tu armario empotrado está separado del mío por un debilísimo tabique de rasilla. Si hiciéramos un pequeño agujero, podríamos ir de un apartamento a otro a través del armario.

– Sí – respondí, atento a las peripecias del héroe en la pantalla.

Sin embargo, la idea de comunicar secretamente ambas viviendas a través de sus armarios me produjo una fascinación que me cuidé muy bien de confesar.

Después de eso, los días transcurrieron sucesivamente, como es habitual en ellos, sin que ocurriera nada digno de destacar, a no ser las pequeñas –

aunque bien engarzadas – variaciones en el carácter de mi amigo. Su centro de interés – el televisor – fue desplazándose imperceptiblemente hacia el armario. Solía trabajar en él mientras yo veía películas, y a veces se metía dentro y cerraba la puerta con un pestillo interior que él mismo había colocado. Al rato aparecía de nuevo, pero no con el gesto de quien hubiera permanecido media hora en un lugar oscuro, sino con la actitud de quien se baja del tren cargado de experiencias y en cuyos ojos aún es posible ver el borroso reflejo de ciudades, pueblos y gentes obtenido tras un largo viaje.

Yo asistía a todo esto con el respetuoso silencio y la callada aceptación con que me había enfrentado a otras rarezas suyas. Perdidos ya para siempre los escasos amigos de la juventud, y habiendo admitido al fin que los hombres nacen, crecen, se reproducen y mueren, con excepciones como la mía y la de Vicente, que no nos reproducíamos por acortar este absurdo proceso, me parecía que debía cuidar esta última amistad, en la que el afecto y las emociones propias de él no ocupaban jamás el primer plano de nuestra relación.

Un día, al fin, se decidió a hablarme, y lo que me dijo es lo que he venido ocultando durante este último año con la esperanza de llegar a borrarlo de mi cabeza. Al parecer, según me explicó, él tenía desde antiguo un deseo, que acabó convirtiendo en una teoría, de acuerdo con lo cual todos los armarios empotrados del universo se comunicaban entre sí. De manera que si uno entraba en el armario de su casa y descubría el conducto adecuado podía llegar en cuestión de segundos a un armario de una casa de Valladolid, por poner un ejemplo.

Yo desvié con desconfianza la mirada hacia el armario y le pregunté:

– ¿Has descubierto tú el conducto?

Sí – respondió en un tono afiebrado –, lo descubrí el día en el que tuve la revelación de que ese conducto no es un lugar, sino un estado, como el infierno. Te diré que llevo varios días recorriendo los armarios empotrados de las casas vecinas.

– ¿Y por qué no has ido más lejos? – pregunté.

– Porque no conozco bien los mecanismos para regresar. Esta mañana me he dado un buen susto porque me he metido en mi armario y, de golpe, me he encontrado en otro (bastante cómodo por cierto) desde el que he oído una conversación en un idioma desconocido para mí. Asustado, he intentado regresar en seguida, pero me ha costado muchísimo. He ido cayendo de armario en armario hasta que al fin, no sé cómo todavía, me he visto aquí de nuevo. Si vieras las cosas que la gente guarda en esos lugares y la poca atención que les prestan, te quedarías asombrado.

– Bueno – dije –, pues muévete por la vecindad de momento hasta que adquieras un poco de práctica.

– Es lo que he pensado hacer.

Al día siguiente de esta conversación, Vicente Holgado desapareció de mi vida. Sólo yo sabía, hasta hoy al menos, que había desaparecido por el armario. Desde estas páginas quisiera hacer un llamamiento a todas aquellas personas de buena voluntad, primero, para que tengan limpios y presentables sus armarios, y segundo, para que si alguna vez, al abrir uno de ellos, encuentran en él a un sujeto vestido con un frágil pijama y con la cara triste que creo haber descrito sepan que se trata de mi amigo Vicente Holgado y den aviso de su paradero cuanto antes.

En fin.

(Reproduced from *Primavera de luto y otros cuentos* [Barcelona: Destino, 1992] pp. 27-38.)

ANTONIO MUÑOZ MOLINA

Born 1956, in Úbeda (Jaen), Antonio Muñoz Molina lived in Granada, where he graduated in Art History. Now based in Madrid, he was nominated a member of the Real Academia de la Lengua in 1996. A regular contributor to Spanish newspapers and magazines, he has published several collections of articles. He is the author of seven novels: *Beatus Ille* (1986, Premio Ícaro), *El invierno en Lisboa* (1987), *Beltenebros* (1989), *El jinete polaco* (1991, Premio Planeta), *Los misterios de Madrid* (1992), *El dueño del secreto* (1994) and *Plenilunio* (1997); two books of short stories: *Las otras vidas* (1988) and *Nada del otro mundo* (1993); a collection of essays on literature: *La realidad de la ficción* (1993); and an autobiographical recollection of the time he spent in the Spanish Army as a conscript, *Ardor guerrero* (1995).

Borrador de una historia

Revistas de moda, satinadas mujeres, crímenes de primera página, titulares absurdos, libros, libros de todas clases, hasta de metafísica, apilados en el suelo como cajas de frutas. Le da igual, lo mira todo siempre parado como un idiota ante los quioscos, lo mira todo y casi de todo compra, especialmente las revistas obscenas y los semanarios de crímenes, agregando para su propia tranquilidad una disculpa íntima: un escritor debe conocerlo todo, y los mejores argumentos no son los que se inventa uno, sino los que vienen en la sección de sucesos, las cartas de los consultorios sentimentales, esas *historias de la vida real* donde una joven cuenta con pormenores culpables cómo un embarazo y un galán desalmado la arrojaron al arroyo. También compra los periódicos serios y mira las páginas culturales con un poco de rencor, porque vienen fotografías de escritores. Los entrevistan, ganan premios, acuden a congresos. Él no está muy seguro de que sea escritor, nunca lo han entrevistado ni ha recibido invitación para asistir a ningún congreso, se pregunta qué harán allí, qué haría él si alguna vez lo llamaran. Nada, imagina, dar vueltas como un perro perdido por el vestíbulo de un hotel, emborracharse gratis mientras los otros sonríen a los fotógrafos y se palmean las espaldas, reconociéndose, saludándose entre sí, a él nadie lo iba a saludar porque no lo conocen, su foto no ha aparecido en la sección de libros de ningún periódico, ni siquiera su nombre, pero cómo iba a aparecer, si escribe con pseudónimo, Frank Blatsky. A ver quién ha escrito y vendido más libros que él, cuál de esas luminarias que reciben premios está en los quioscos de todas las estaciones, en las calles de cualquier ciudad: *Espectros y torturas,* novela, por Frank Blatsky, *Las calientes vampiras de las SS* – ilustrada –, *Los pioneros de Alfa-Centauro*, y también novelas policiacas, las que él prefiere escribir, aunque en la editorial le exigen que tengan algo más de sexo que de crímenes. *Un muerto en la basura*, por ejemplo, o *El expreso del terror...*

De cualquier modo es preferible firmarlas con pseudónimo, piensa, qué diría ella, tan formal, si supiera que hace meses que perdí el otro trabajo, que por las mañanas no voy al periódico, sino a ese cuarto alquilado en el que no hay más que una ventana y una mesa con una máquina de escribir y un teléfono. Le gusta la habitación porque está vacía y porque nadie más que él conoce su existencia. Es un refugio inviolable, como aquellos cuartos de hotel donde se escondían los gángsters heridos después de un atraco en el que hubo muertos. Llega cada mañana a las nueve y se queda mirando la calle, las mujeres, los autobuses, imaginando historias, imaginando sobre todo que es un escritor, no como los de verdad, porque no los conoce, sino como los escritores de las películas: en mangas de camisa con la corbata desceñida, con la botella de whisky junto a la máquina de escribir y la cabeza envuelta en humo, aplastando colillas en el cenicero, levantándose para descansar y acercándose otra vez a la ventana con la botella asida por el cuello.... También – se le ha ocurrido mientras paseaba – puede ser la oficina de un detective. Tampoco ha visto a ningún detective, pero sí esa placa en el portal de un edificio antiguo, uno de esos lugares oscuros que tienen al fondo un ascensor con filigranas de hierro, *Blázquez, investigaciones confidenciales*, decía en la placa, tercero izquierda. Junto al rótulo había dibujada una lupa.

Al principio lo olvidó, porque se quedó mirando un quiosco, como de costumbre, buscando titulares prometedores y rostros de mujeres, esas mujeres tan altas y delgadas que vienen en las revistas de modas, las mujeres desnudas de los anuncios de cosméticos, pero en seguida le llamó la atención la primera página de un diario: POLICÍAS IMPLICADOS EN DESAPARICIÓN DE DELINCUENTE. Había fotos, rostros de policías con bigote y corbata de nudo ancho, con aire de contratiempo o de perplejidad, y venía también la foto del delincuente perdido, que tenía cara de muerto o de ahogado futuro, una melancolía de cadáver recién instalado en la muerte, ya dócil, todavía no habituado a ella. Compró el periódico y lo estuvo leyendo mientras desayunaba examinando la posibilidad de una historia, pero era un asunto demasiado serio, no había ninguna mujer y en la editorial siempre le piden que salgan mujeres desde el primer capítulo. Pero podría añadirla, tal vez una venganza por celos, o una red de prostitución internacional: en una alcantarilla aparece la cabeza cortada de ese delincuente y alguien encarga a un detective que busque al asesino, alguien que no tiene confianza en la policía, un hombre poderoso y oculto que paga en dólares y no hace preguntas...

Acaso ese mismo detective, Blázquez, que ahora, a las nueve de la mañana, se estará aburriendo en la penumbra de su oficina, un sitio de techos muy altos, una puerta de cristales opacos al final de un corredor tras la que hay algo como la sala de espera de un dentista infortunado, sillones tapizados de plástico verde con finas patas metálicas, una mesa baja con revistas antiguas, con revistas maltratadas por el tedio de quienes las han hojeado en los últimos años. En ellas las dulces mujeres de los anuncios tienen una palidez de enfermas y usan sujetadores demasiado anchos. Aún no ha llamado nadie a la puerta del detective. Es demasiado temprano, desde luego, pero a veces pasan días enteros sin que nadie ocupe los sillones tapizados de verde ni mire las revistas, semanas tal vez. Quién va a necesitar a un detective en esta ciudad donde nada puede ocultarse y donde ninguna vida merece indagación ni misterio, quién contratará a un detective que se llama Blázquez y que se ha hecho grabar una lupa tan minuciosa y torpe en su placa dorada, que casi no se ve, perdida entre otras placas más brillantes que anuncian oficios respetables: abogados, notarios, especialistas del oído, agentes de la propiedad, corredores de comercio.

Tendría que empezar por cambiarse de nombre. Con ése ni ganará clientes ni podría ser un detective de novela. Black o Blake tal vez, Black Blake, que sugiere el coraje y el uso de antifaz, un detective que tiene una oficina oscura y medio vacía y que culmina sin escrúpulo cualquier trabajo que le encarguen, que ignora el miedo y la decencia, que golpea en la mandíbula a los tenderos inocentes y a los policías corruptos y averigua quién mató al atracador desaparecido y en qué almacén de las afueras yace como en un muladar su cuerpo decapitado. Trabaja solo, desde luego, y es perezoso e insolente. Por la mañana llega tarde a su oficina porque suele acostarse de madrugada. Anda despacio por la calle, con las manos en los bolsillos, mirando a las mujeres, mirando en los quioscos las revistas obscenas y los semanarios de crímenes, comprando alguna vez, para distraer el tiempo desierto en su oficina, esas novelas baratas de policías o invasores del espacio o torturadores alemanes, pero no se fija mucho en los títulos para comprarlas, le basta que tengan colores hirientes en la portada y que le quepan en el bolsillo del abrigo. Últimamente prefiere las de un tipo llamado F. Blatsky: seguro que es un pseudónimo, nadie que escriba novelas puede llamarse así. A lo mejor se lo puso porque le da vergüenza escribir tanta basura, *El violador zurdo*, *Las mujeres caníbales del Orinoco*...

Debe de tener esposa e hijos, una vida respetable, cuando pasa junto a un quiosco y ve las novelas que él mismo ha escrito tiene miedo de que alguien lo reconozca, de que alguien sepa que ese hombre de aspecto tan grave es el secreto autor de *Las calientes vampiras de las SS*. Qué ignominia para ella si lo descubriera, si encontrara la llave de su escritorio o la dirección de este cuarto alquilado donde él se sienta cada mañana como en una oficina, como en la redacción de ese periódico local donde hace ya tanto tiempo que no trabaja. Llega a las nueve o las nueve y media, después de dejar con infinito alivio al hijo mayor en la guardería, y camina luego muy lentamente para apurar mejor el deleite de la soledad recobrada, igual que cuando de noche la deja a ella frente a la pantalla azulada del televisor y se encierra en el despacho y abre los cajones de su escritorio con la llave que siempre guarda consigo, junto a la otra, la más secreta, la llave de la habitación vacía donde escribe y bebe de manera incesante, siempre a máquina, desde luego, no como en el despacho de su casa, donde ha de escribir con bolígrafo para que los niños no se despierten, para que ella pueda adormecerse sin sobresalto en la penumbra sólo iluminada por el televisor, tranquila y sola, perfumada, digna, inmune a todo, recostada en el sofá que él ha pagado con los derechos de *El violador zurdo,* envuelta en la bata de seda que le compró gracias a *Las calientes vampiras,* dormida luego en una cálida seguridad que se sostiene secretamente sobre el éxito de *Las mujeres caníbales del Orinoco,* la más excitante aventura nacida de la pluma de F. Blatsky, dice un anuncio publicado en una de esas revistas que hay tal vez en la sala de espera del detective Blázquez. No, de Black Blake, piensa sentado ante la máquina todavía intacta, ante el teléfono que nunca suena y las paredes vacías, considerando la posibilidad de servirse una primera copa para aliviar el frío y la parálisis en que lo sume siempre el papel en blanco.

Quieto en el mismo lugar y en la misma postura todas las mañanas, presenciando el tránsito de la dura luz gris sobre el espacio vacío, oye el ruido lentísimo del ascensor y pasos cercanos por los corredores donde hay puertas de cristales opacos y oficinas semejantes en las que otros hombres solos aguardan sentados en sillas giratorias, fumando ante silenciosos teléfonos. Apoya la cabeza en el alto respaldo del sillón y si ha visto películas cruza los pies sobre la mesa, buscando algo en un cajón del escritorio, una botella y un vaso, un revólver tal vez, una novela de este tipo, Blatsky, porque cualquier cosa sirve para ocupar las horas muertas y las mañanas invernales, incluso un periódico atrasado, ese donde dicen que un atracador fue visto cuando entraba esposado en una comisaría y no volvió a saberse nada de él. Oyeron gritos desde las celdas más próximas, secos golpes y luego palabras en voz baja, silencio, las ruedas de una camilla deslizándose de madrugada sobre el piso de cemento helado. Tal vez ese Blázquez piensa ahora mismo que sería un buen caso para un verdadero detective, un argumento para un verdadero escritor, no Blatsky, que sólo escribe basura para onanistas, para hombres solos que aguardan en los andenes del Metro o rondan los quioscos de las estaciones.

Un caso para Blake, desde luego: sólo él puede atreverse a descender a los clubes donde beben a medianoche los policías corruptos y a golpearles el estómago en un callejón hasta que vomiten el whisky que nunca pagan y digan dónde fue enterrado el atracador muerto cuando al amanecer lo sacaron clandestinamente de la comisaría.

De modo que Blake no hace nada, espera, sabe que saben dónde está y el precio que deben pagarle. Con la inmovilidad de un samurai permanece sentado en su oficina y espera que suene el teléfono o que unos pasos y una figura opaca se detengan tras el cristal de la puerta donde está inscrito su nombre.

Un buen comienzo. Una novela debe empezar siempre así para que el hombre que acaba de comprarla quede fulminado por ella en la cola del autobús o ya no vea el oprobio de los sillones de plástico verde en la antesala del dentista. El detective, Black Blake, guarda apresuradamente la botella y el vaso en el cajón del escritorio porque ha oído unos pasos que se acercan. Sabe que esta vez sí, que el reumático ascensor no ha subido en vano, que esos pasos van a detenerse justo en la puerta de su oficina. Hay una vaga forma inmóvil tras el cristal escarchado, algo pálido y brillante que parece un rostro de mujer, una melena rubia. Tiene la mano en el pomo de la puerta pero aún no se decide a entrar. Se arrepiente de haber llegado hasta aquí, como si estuviera cometiendo un acto reprobable, pero desde hace días, siempre que pasaba junto a ese portal y veía la placa dorada, *Blázquez, investigaciones confidenciales,* dominaba la tentación de hacerlo, y ahora se siente inhábil, culpable, un poco sucia, como si la contaminara la oscuridad húmeda del corredor y el plástico agrietado de las sillas de la sala de espera, a ella, que no puede tolerar en torno suyo ni la suciedad ni el desorden, ni ese olor a tabaco rancio que ocupa la oficina y que cuando se sienta frente al detective le llega mezclado a un aliento de alcohol.

Es ahora cuando se arrepiente de todo, cuando al fin ha empujado la puerta como si nunca más pudiera volver a abrirla y ha visto a ese hombre que se incorpora y le sonríe y huele a alcohol, tan temprano, y a mediocre loción de afeitar. Observa su corbata estampada y sus ojos que la miran de una manera que le recuerda a alguien. A él, se da cuenta en seguida, es así como él la mira cuando llega de la calle y no dice nada o cuando entra en el dormitorio y enciende la luz para desnudarse después de haber cerrado con llave su despacho.

Abrirá el bolso, desde luego, sacará un cigarrillo que el detective ha de apresurarse a encender mirando las manos que tiemblan un poco y los labios pintados que dejarán un cerco rojo en las colillas. También él fuma, sonríe, aparta a un lado la máquina de escribir. En toda mujer hermosa se contiene un misterio, escribe, pero luego lo tacha, en la editorial siempre le dicen que las florituras no interesan. Rápido y directo, le dicen: elocuentes piernas con medias oscuras, una blusa entreabierta, tal vez un chaquetón de piel y pulseras doradas. No olvidar el perfume: indudable y tenue como una invitación. En media hora Black Blake ya la estaría besando.

– Averigüe qué hace – dice la mujer. Al fin se ha decidido a hablar, tras el segundo cigarrillo. Es posible que haya aceptado una copa –. Averigüe dónde va todas las mañanas cuando deja al niño en la guardería y por qué se encierra con llave en su despacho, no deja que la criada lo limpie, ni siquiera a mí me permite entrar en él. Una vez lo hice y me di cuenta de que también cierra con llave los cajones del escritorio, parece que no le importa nada, se irrita en seguida con los niños, llega por las tardes a casa como a una pensión, cena y se encierra en el despacho y sale de él muy tarde, a las dos o a las tres de la madrugada. Yo hago como si estuviera dormida, pero lo veo desnudarse y me da miedo porque parece otro. Algunas veces me despierto y él está sentado en la cama, veo en la oscuridad la lumbre de su cigarrillo. Antes no era así, hace uno o dos años trabajaba en ese periódico, no le pagaban mucho, pero a él le gustaba, siempre le gustó escribir, se quejaba del periódico porque no le quedaba tiempo de escribir otras cosas. Me hablaba de una novela, me leía borradores, pero ya no ha vuelto a contarme nada y hace mucho que no lo veo escribir, y si le pregunto por el periódico se encoge de hombros y me dice, pues igual que siempre. Pero yo sé que no es igual que siempre, por eso he venido a verlo a usted. Llamé al periódico el otro día para pedirle que me trajera algo y me dijeron que ya no trabaja allí, que hace más de un año que lo despidieron... Sígalo desde mañana mismo, Blázquez. Sale de casa a las ocho y media, para llevar al niño a la guardería, dígame a dónde va y qué hace, ya no me importa, pero quiero saberlo. Quiero saber por qué miente.

No, Black Blake nunca aceptaría un caso tan vulgar, no permitiría que una mujer tan bella y misteriosa hundiera la cara entre las manos para llorar sordamente sin acercarse a ella y besarla apartándole el pelo para mirar muy de cerca sus ojos, todavía relucientes de lágrimas. Black Blake no sigue rastros de turbios maridos ni finge esa especie de simpatía clerical con que el probable Blázquez consuela a las esposas engañadas. Bebe whisky después de golpear a un policía y encuentra con inmutable frialdad el cuerpo decapitado de un atracador.

Capítulo primero, escribe con mayúscula, golpeando perezosamente el teclado, poseído por el desaliento de la primera página, que ni siquiera el tabaco alivia. En la mañana de invierno el silencio de la habitación cerrada es una campana de cristal. Oye entonces el ruido de un ascensor, luego pisadas sonoras, como de tacones de mujer. Aún no se inquieta, mucha gente sube en los ascensores y transita los pasillos de este edificio de oficinas. Ha escrito *Capítulo primero* y después no se le ocurre nada. Con las manos quietas sobre la máquina mira la hoja vacía y luego alza los ojos hacia el cristal opaco de la puerta. Tras él hay alguien, una cara pálida y disgregada en las estrías del vidrio, la mancha vaga de unos labios, la certeza de que una mano aprieta el pomo y aún no se resuelve a girarlo.

(Reproduced from *Nada del otro mundo* [Madrid: Espasa Calpe, 1993] pp. 191-200.)

MANUEL VICENT

Born 1939, in Villavieja (Castellón) and mainly associated with the Spanish newspaper *El País*, Manuel Vicent is one of the most influential journalists in contemporary Spain and his articles have been collected in several books: *Arsenal de balas perdidas* (1989), *Por la ruta de la memoria* (1992) and *A favor del placer* (1993, Premio de Periodismo Francisco Cerecedo). He has published seven novels to date: *El resuello* (1966), *El anarquista coronado de adelfas* (1979), *Ángeles o neófitos* (1980), *Balada de Caín* (1987, Premio Nadal), *La muerte bebe en vaso largo* (1992), the last two, *Contra Paraíso* (1993) and *Tranvía a la Malvarrosa* (1994), are of an autobiographical nature. Vicent is also the author of a play in Catalan: *Borja Bòrgia* (1995) and a collection of short stories, *Los mejores relatos* (1997).

Espejos

Bastaban sólo dos funcionarios por planta para llenar todo el Ministerio. Un sistema de espejos montado en los ángulos los reflejaba, los multiplicaba indefinidamente e introducía su imagen en los despachos, en las distintas salas. De esta forma, cualquier ciudadano que entrara en este edificio de la Administración no advertía nada extraño. Cada mesa parecía ocupada a simple vista por un servidor del Estado. Varios centenares de personas estaban en nómina[1] en ese organismo, pero ninguna excepto dos por planta según el orden establecido acudía nunca al trabajo. La pareja de funcionarios de carne y hueso se colocaba frente al espejo principal del piso asignado y allí comenzaba a actuar. Mientras uno escribía a máquina o bostezaba, otro removía cartapacios[2] en una estantería o trataba de atender al público. Este simulacro con ademanes idénticos se dividía de modo confuso, se multiplicaba ilimitadamente por medio de sucesivos espejos secundarios y, vertiéndose a través de escaleras y altillos,[3] las imágenes se entrelazaban, componían todas las variantes del funcionariado y finalmente se situaban en el lugar exacto, sustituyendo a cada empleado de aquel Ministerio. El público departía con subdirectores generales, jefes de negociado, oficiales y bedeles[4] sin advertir que sólo hablaba con unas sombras o reflejos. Nadie sabe cuándo comenzó esta ficción. Sólo se sabe que terminó por un simple accidente el otro día. Un ciudadano vulgar entró en el edificio para reclamar un expediente[5] durante muchos meses archivado y tuvo un altercado fuera de lo común con un funcionario que no quiso atenderle. El ciudadano trató de agarrarlo por el cuello por encima del mostrador y entonces vio con terror que aquella figura se desvanecía dentro de su puño. Lleno de pánico, arrojó el maletín contra un cristal y al instante todas las infinitas imágenes que los espejos reflejaban en cadena se disolvieron rotas en pedazos quedando el Ministerio desierto. El público huyó despavorido. Y aún hoy se ignora si esto mismo va a ocurrir en todas las oficinas del Estado.

(Reproduced from *A favor del placer* [Madrid: El País/Aguilar, 1993] pp. 171-2.)

Sirvientes

La criada polaca se ha puesto los cascos para escuchar la sinfonía número 7 de Bruckner,[6] mientras friega los platos en la cocina, y en ese momento su señora está contemplando con la boca entreabierta en el televisor del salón un serial de sobremesa[7] donde el hijo acaba de dejar embarazada a la amante de papá. Ante el fregadero la chica piensa que esta versión de la Staatskapelle Dresden,[8] dirigida por Herbert Blomstedt, no es del todo acertada, porque los metales[9] en el adagio hieren demasiado a los violines, pero la criada sabe que Bruckner, en la séptima sinfonía, trataba de expresar su concepción de la naturaleza y la religión por medio de contrapuntos[10] audaces y elaborados. En el serial del televisor, la mujer adúltera de pronto descubre que tiene un cáncer de mama, y eso hace estremecer al ama de casa, la cual vierte lágrimas de compasión sobre su bata guateada[11] allí mismo, en un sofá que comparte con dos hijas universitarias igualmente compungidas. El marido de la chica polaca es ingeniero aeronáutico por la Politécnica de Varsovia, y trabaja también para esta familia de La Moraleja[12] como jardinero y mecánico, aunque a veces arregla los plomos[13] y saca a pasear al perro. Habla cuatro idiomas y, si bien adora ante todo a Elías Canetti,[14] ahora está perfeccionando el castellano con los relatos de Borges,[15] que lee al volante del coche cuando su señorito, un distribuidor mayorista de tripas de res,[16] lo deja esperando en segunda fila[17] durante las horas que dedica a jugar a los dados en una tasca. A este joven polaco le fascinan los laberintos de espejos, los tigres y cuchillos de Borges, pero interrumpe la lectura, salta como un muelle y obedece si al tripero se le antoja mandarlo a comprar tabaco. Del mismo modo, la criada, que es filóloga, después de fregar los platos deja de escuchar a Bruckner y comienza a pelar patatas oyendo ahora un concierto de Haendel[18] en re menor, dirigido por Iona Brown, mientras su señora se dispone a seguir la evolución del cáncer de matriz de otro putón[19] en otro melodrama. No hay lucha de clases.

(Reproduced from *A favor del placer* [Madrid: El País/Aguilar, 1993] pp. 213-14.)

Nupcias

Se casaron en los Jerónimos,[20] y el banquete nupcial se celebró en un salón del Ritz donde los novios, que eran aristócratas, habían reservado una *suite* para pasar la noche de bodas. Había muchos bigotitos y cuellos de porcelana[21] entre los invitados; también las damas lucían pamelas[22] con frutas, y se veían niñas rubias con lazos de terciopelo. El sudor en el templo olía a Nina Ricci y a otras marcas de perfume exquisito que se liberaba desde la intimidad de la carne femenina al agitarse las sedas de los abanicos. Al pie del altar, un cura muy guapo de mandíbula violeta y santidad probada, había derramado palabras de felicidad sobre la pareja de enamorados congratulándose en nombre de la Iglesia por el hecho de que dos vástagos[23] de familias de honda raigambre cristiana y financiera hubieran decidido unirse en matrimonio para formar un nuevo hogar santificado por Dios. Con esa entrega mutua se acrecentaría el cuerpo místico.[24] Tendrían hijos sanos, cuyos ojos serían como los de la madre, e igualmente heredarían del padre el talento para los negocios. Estas cosas tan dulces había dicho el sacerdote moviendo con elegancia los brazos antes de la bendición mientras la pareja de novios se miraba con una sonrisa ambigua. Nadie podía afirmar cuál de los dos era más hermoso. Cuando abandonaron el templo bajo los acordes del órgano, desde los bancos las grandes familias conocidas les iban felicitando, y ahora todos bailaban en el Ritz alrededor de la tarta,[25] pero a las dos de la madrugada terminó la fiesta y ellos subieron a la habitación del hotel. Lentamente, él se fue despojando del traje de novia y debajo del blanco satén aparecieron palpitando de amor sus atributos masculinos; ella se quitó el chaqué con todos los arreos de galán hasta quedarse con el cuerpo anfibio reflejando su desnudez en el espejo bisexual. Comenzaron a besarse, y entre caricias durante toda la noche recordaron las estancias de un viejo palacio cerrado donde siendo adolescentes se conocieron y revelaron su secreto.

(Reproduced from *A favor del placer* [Madrid: El País/Aguilar, 1993] pp. 153-4.)

SOLEDAD PUÉRTOLAS

Born 1947, in Zaragoza; when she was fourteen her family moved to Madrid. Soledad Puértolas graduated in Journalism and has an MA in Spanish and Portuguese Literature from the University of California, Santa Barbara (USA). She is author of seven novels: *El bandido doblemente armado* (1979, Premio Sésamo), *Burdeos* (1986), *Todos mienten* (1988), *Queda la noche* (1989, Premio Planeta), *Días del Arenal* (1991), *Si al atardecer llegara un mensajero* (1995) and *Una vida inesperada* (1997; and two collections of short stories: *Una enfermedad moral* (1982) and *La corriente del golfo* (1993). Her contributions to conferences and newspaper articles are collected in books such as *La vida oculta* (1993, Premio Anagrama de Ensayo), a sequence of reflections on literature, and the autobiographical *Recuerdos de otra persona* (1996).

A la hora en que cierran los bares

Siempre me había llamado la atención aquel hombre silencioso y triste que se quedaba en el bar cuando nosotros nos marchábamos. Algunas veces me había mirado, como si quisiera decirme algo, y aunque siento un verdadero rechazo hacia los pesados y los borrachos, de buena gana me hubiera quedado con él, si Flory no hubiera, como de costumbre, tirado de mí. Porque él no era un pesado ni un borracho. Estaba claro que bebía, consumía los alargados vasos de ginebra con tónica uno tras otro, pero parecía que no le afectaban. Se sostenía bien en su taburete, apoyando los codos en la barra, dirigiéndonos de vez en cuando miradas inexpresivas. Tenía la mirada perdida, era cierto, pero de algún modo eso resultaba tranquilizador: no iba a meterse con nosotros, no iba a dirigirnos la palabra, no le interesábamos. Nunca nos había causado el menor problema. Él se limitaba a estar allí, en la barra, seria, dignamente, mientras nosotros hablábamos, gritábamos y reíamos. Nosotros, mucho más que él, éramos los borrachos. Sólo que nosotros nos marchábamos antes. Él se quedaba siempre, hasta las dos, las tres, las cuatro... Él cerraba el bar.[1]

Más de una vez me había preguntado quién era, a qué se dedicaba, cómo un hombre así, de aspecto tranquilo y agradable, joven y educado, no tenía otro lugar al que acudir, noche tras noche. Yo no iba a aquel bar todos los días. A lo sumo, un par de veces a la semana, porque Flory era implacable con su trabajo. Tenía que levantarse pronto de lunes a viernes. Se desquitaba los fines de semana, desde luego. No creo que hubiera otra chica capaz de beber más whiskies que ella, más amante de los bares y de las juergas. Y ninguna, tampoco, más celosa. A las diez de la noche me tenía que tener a su lado. De lo contrario, empezaba a llamar a mis amigos, a mi familia, a todo el que pudiera saber algo de mí. De modo que entre semana era imposible salir y puedo asegurar que las escasas veces que tuve que hacerlo, ella me esperó, desvelada, en el cuarto de estar, para amenazarme con su inmediato abandono. Flory tenía sus ventajas, pero en ese punto era incorregible. Ella también se había fijado en él. En realidad, había sido Flory quien lo había descubierto. Era un hombre de los que resultan atractivos a las mujeres, ellas sabrán por qué. Tenía cierta elegancia. Su ropa, gastada, no era mala. Sus gestos, siempre comedidos, su seriedad, sugerían que, fuera cual fuese la razón por la cual todas las noches iba a parar a aquel bar, había otras horas en el día durante las cuales él tenía asignado un papel medianamente respetable.

La mayor parte de las veces él no estaba en su lugar, al final de la barra, cuando nosotros llegábamos. Nos instalábamos alrededor de una de las mesas bajas del fondo y en ese momento en que nuestra animación empezaba a flaquear y dudábamos entre pedir otra copa o irnos a la cama, surgía él. Yo levantaba la mirada en busca del camarero y lo veía, en su sitio, un poco de espaldas a todos nosotros, veía su mano temblorosa sujetando el vaso o sosteniendo el cigarrillo. Y veía cómo Flory lo miraba. Sabía que ella acabaría por levantarse y pasaría muy cerca de él en dirección al cuarto de baño. Siempre lo hacía. Muy cerca de él, casi rozándolo. Pero no era entonces cuando él se volvía. Permanecía quieto, casi inmóvil, con los codos apoyados en el mostrador. Estoy convencido de que nunca se dio cuenta de que ella pasaba junto a él. Estaba allí, encerrado en su mundo, indiferente a las idas y venidas de los demás, incluidas las idas y venidas de las mujeres guapas y provocativas como Flory.

Fue una noche, al volver a casa después de una cena a la que Flory no había podido asistir porque se encontraba enferma, cuando algo me hizo entrar en el bar. Tal vez era demasiado pronto. Tal vez pensé que al menos en aquella ocasión ella no me esperaría levantada. Y entré en el bar. Era un martes, o un miércoles, o puede que un jueves. No había mucha gente y enseguida lo vi a él, con la cabeza un poco inclinada sobre el vaso. Solitario y abstraído, como siempre. Me senté a su lado y le ofrecí un cigarrillo. Fue un gesto mecánico, no lo hice pensando en entablar una conversación, no era ninguna excusa para iniciar un diálogo. No tenía ganas de ir a casa, no tenía sueño. Uno entra en un bar, se sienta a la barra y saca la cajetilla. Si al lado hay alguien y uno está solo y ese alguien también está solo, pues le ofrece un cigarrillo. Él tampoco se sorprendió. Lo cogió, me ofreció fuego, encendió su cigarrillo y volvió a replegarse en sí mismo. Permanecimos en silencio hasta mi segunda copa. Cuando el camarero me la acercó, él la miró e hizo ademán de cogerla: se creyó que era para él. Cuando comprendió su error, se disculpó y encargó otra.

«Usted estaba aquí hace un rato, ¿verdad?» me preguntó.

Asentí.

«Es que cada vez veo peor» dijo. Veo cosas que no suceden. Sin embargo» declaró, un poco perplejo «no veo lo que sucede.»

«¿Quiere usted decir que confunde la realidad con la imaginación?»

«Yo nunca he tenido imaginación» dijo. «Pero mi verdadero drama es la falta de memoria. Llegué a perder la memoria, eso es lo que me pasó.»

Me miró, calibrando hasta qué punto me impresionaba. Me vi en la obligación de responder.

«Pero la recuperó» observé.

«Ésa es la inseguridad en la que vivo» dijo. «Me dieron de alta, pero dijeron que me podía volver a pasar. ¿Conoce a otra persona a quien le haya sucedido esto?»

Negué con la cabeza.

«Es un caso de amnesia, ¿no?» pregunté.

«Un poco particular. Yo no sufrí un golpe ni un shock ni nada. La perdí gradualmente. ¿Quiere saber cómo sucedió?»

Parecía deseoso de hablar y le animé a hacerlo.

«Un día cualquiera» empezó, «un día como cualquier otro, mi mujer me dijo: «¿Dónde pusiste la copa que ganaste el invierno pasado en las competiciones de Candanchú?»[2] «¿Qué copa?» le pregunté, extrañado. «No gané ninguna copa, ni siquiera participé en esas competiciones.» Tampoco recordaba que hubiera pasado unos días en Candanchú. «¿Quieres decir que no te acuerdas de nada? Llegaste el primero a la meta, era una carrera de eslalon. Todo el mundo te felicitó. Yo estaba allí. Y luego recogiste la copa y la elevaste por encima de tu cabeza» dijo ella despacio. Nada, no podía recordarlo. Mientras más detalles me daba ella, más se resistía mi memoria. «Se te ha tenido que hacer una especie de vacío» dijo ella al fin, «tenemos que estar atentos.» Pero, por fortuna, durante un buen período de tiempo, mi cabeza funcionó normalmente. Seguía sin recordar nuestra estancia en Candanchú, lo que no dejaba de preocuparnos, pero no había ningún otro síntoma y tácitamente decidimos no hablar de ello .

Mi interlocutor hizo una pausa, bebió, carraspeó y reanudó el hilo del relato.

«No sé cuánto tiempo pasó hasta que, en el transcurso de una cena en casa de unos amigos, mi mujer hizo referencia a un enorme ramo de flores que al parecer le había enviado yo después de una discusión un poco violenta. Algo tembló en mi interior mientras mi cuerpo se cubría de un sudor frío. No lo recordaba, ni el ramo de flores, ni la discusión violenta. Nada. No quise decirlo allí, en público, pero todos notaron mi malestar, de forma que tuvimos que marcharnos. Le pedí a ella que condujera el coche, porque a mí me temblaban las manos. Ella asintió, sin comentar nada, porque supuso que la razón de mi temblor era que había bebido de más, y ése era un asunto del que ya habíamos hablado suficientemente y que nos llevaba a un punto muerto, lleno de reproches mutuos. «Ha vuelto a pasar» le dije a mi mujer, ya dentro del coche. «El qué» preguntó ella. «No recuerdo lo de las flores» dije. Dio un frenazo tal que por poco se nos echa encima el coche de atrás. «¿Qué dices? ¿cómo has podido olvidarlo?» Pero tuvimos que admitirlo: no lo recordaba. Aquella noche apenas dormimos. Había que tomar una resolución. Por la mañana, mi mujer llamó a un médico amigo suyo y consiguió una cita.»

Aproveché su silencio para ofrecerle un cigarrillo. Lo cogió. Me tendió el encendedor. Cuando tuvimos nuestros cigarrillos encendidos, volvió a hablar.

«En cuanto vi al doctor me calmé un poco. No me gustan los médicos, siempre me he resistido a que me examinen con sus aparatos, no tengo ninguna fe en la ciencia, ésa es la verdad, pero aquel hombre me inspiró confianza. Fue él quien me miró con simpatía: lo percibí en su mirada levemente compasiva, en sus ademanes. Me invitó a sentarme en el sofá mientras él se dejaba caer en una butaca. Quiero decir: todo era lento en él, pasivo, hasta indolente. Empecé a hablarle de mí mismo, pero el pánico se apoderó de mí. Repentinamente, no sabía qué contarle. No sabía qué hacía allí, con él, en aquella habitación. Mi mujer me aguardaba en la sala de espera, había preferido que pasara yo solo. Todo tembló a mi alrededor y yo fui tragado por una nube. Sólo podía oír un ruido sordo, como de un motor. Aquel ruido» dijo mi nuevo amigo señalándose la cabeza «se me ha quedado dentro. Todavía puedo oírlo» suspiró y prosiguió su relato. «Cuando volví en sí, o en mí», sonrió leve, fugazmente, «escuché un rumor por encima de aquel ruido, hasta que el ruido desapareció y el rumor se hizo más cercano: era una conversación entre un hombre y una mujer. Quise levantar la cabeza (y en ese mismo momento comprendí que estaba echado en una cama), pero no pude. Me pesaba demasiado. «No ha sido nada» dijo el doctor suavemente. «No es el primer paciente que se desmaya en la consulta del médico» insistió. Una enfermera me ayudó a incorporarme. Todos nos sentamos, menos la enfermera, que, junto al doctor, me escudriñaba con unos ojos grandes, fríos. Vi en ellos lo que me aguardaba, esa frialdad, quiero decir, y sentí miedo y deseos de marcharme, pero no me podía mover.

Tardaron en hablar. Sobre nosotros pesaba un silencio denso. El doctor estaba escribiendo algo en un papel, me pareció que se trataba de un dibujo. Al fin, me hizo un gesto con la mano para que me acercara a la mesa y viera lo que había estado dibujando. Era una especie de máquina muy complicada, de esas que salen en los chistes y en los tebeos, una de esas máquinas que no sirven para nada, sólo para que los que las veamos sepamos que eso es una máquina: el prototipo de la máquina. En realidad, el dibujo era bueno. Volví a sentir hacia él una corriente de simpatía. «¿Le gusta?», me preguntó, seguramente al ver la expresión aprobatoria de mi rostro. «¿Se imagina cómo funciona?» Desde luego que no. Pero él tampoco lo sabía. Sus explicaciones no fueron claras y ninguno de los dos nos enteramos de cómo funcionaba la máquina. La conclusión era que si fallaba una pequeña y delicada pieza todo aquel sistema de tubos, depósitos, llaves y cables se desajustaba. Y eso era lo que me estaba pasando a mí. Sabía que me iba a decir eso, pero, de todos modos, le miré, atónito. Yo era una persona bastante mayor para esas metáforas. Le disculpé porque, como ya he dicho, el dibujo era bueno y él lo contemplaba con una satisfacción bastante inocente.

«Bien», suspiró el médico, «tenemos que someter a examen esa máquina. Eso nos llevará su tiempo. Cuanto antes empecemos, mejor. Empezaremos por un reconocimiento físico exhaustivo.» Siguió hablando: yo sabía adónde iría a parar y lo escuché atentamente. Mi mujer, que se había reunido con nosotros, aunque yo no recordaba en qué momento había entrado por la puerta, había bajado los ojos. Parecía extraordinariamente abatida.»

El hombre se calló, pensativo, como si aquella imagen de su mujer todavía le perturbara. Bebió un largo trago. Creo que encargó otra ginebra con tónica. En cualquier caso, a lo largo de la noche siempre hubo un vaso a medio llenar a su derecha, sobre el mostrador.

«Lo que siguió después no es muy interesante, no es nada interesante» dijo. «Me recluyeron en una clínica, me hicieron todo tipo de análisis, de pruebas. Hablaban mucho conmigo, me preguntaban cosas, me llevaban de aquí para allá, presentándome nuevos doctores cada día. Al fin, se tranquilizaron un poco y me dejaron vivir una vida casi normal. Tenía un buen cuarto, libros, radio, televisión. Acudía al comedor, donde había gente más o menos como yo. Hice algún amigo que otro. Pero ni mujer ni trabajo, claro, eso era lo extraordinario, lo que hacía que todo resultara algo irreal, como imaginario. Si quiere que le diga la verdad, no echaba de menos a mi mujer, pero aquella vida cansaba, era un poco como la muerte. No había horizontes, no se hablaba de esperanzas. Todos los enfermos, si es que éramos enfermos, parecíamos fantasmas, personas desprovistas de algo.» Hizo una pausa. Volvió a beber. «Así pasaron algunos meses. Pudieron ser cuatro, seis o nueve. Pero fueron muchos más. Yo diría que estuve allí mucho tiempo, siglos. Todo eso me hizo cambiar...» Se detuvo. «Me endurecí» dijo. «Cuando salí de la clínica, decidí vivir solo. Mi mujer y yo no habíamos tenido hijos, de forma que la separación resultó fácil. Ella apenas opuso resistencia. Desde entonces, no la he vuelto a ver.»

El hombre me miró un momento, una décima de segundo, y vi el estupor inundando su vida, luego apartó de mí su mirada y la fijó en el vaso. La imagen de Flory, desvelada o durmiendo, surgió en mi interior. Miré a mi alrededor. Nos habíamos quedado solos, el hombre y yo. Sólo quedaba un único camarero al otro lado de la barra. Apoyado contra la caja, hacía un crucigrama. Miré mi reloj. El bar cerraría de un momento a otro.

«Sí» dijo él. «Debemos irnos.»

Hizo un gesto al camarero.

«Apúntelo todo a mi cuenta» dijo.

El camarero dejó la revista y nos miró. Asintió y nos deseó buenas noches. Salió de su lugar tras el mostrador y nos acompañó hasta la puerta. Volvió a decirnos adiós.

«Una buena noche» dijo mi amigo.

Hacía frío pero era, efectivamente, una buena noche. Clara, despejada. Había algo en el aire, algo cálido.

«La vida es amarga» dijo. «Sólo a veces» miró al cielo «se encuentra uno bien. Éste es el momento bueno. No hay nadie por la calle. Todas las personas están dormidas. Y mientras duermen, callan.»

Anduvimos un trecho de la calle. Luego, repentinamente, se despidió. Durante unos segundos, contemplé su espalda, un poco encorvada, y sentí temor por aquel pasado suyo, por el tono impasible de la voz de su mujer y los ojos fríos de la enfermera, y un leve escalofrío me recorrió, tal vez la ausencia de rencor en el relato era lo que me había estremecido.

Seguí andando hasta mi casa. Flory estaba dormida, pero se despertó.

«¿Se puede saber qué has estado haciendo?» preguntó, malhumorada. «Te estuve esperando despierta hasta las dos.»

«He estado hablando con ese hombre» dije, «el del bar, el que está en la barra todas las noches.»

«¿Quién?» preguntó con cierto interés, «¿el de la barra?»

Luchó contra el sueño y contra la debilidad que le daba su enfermedad, porque no podía renunciar a su curiosidad. Se incorporó y dobló la almohada para apoyar la espalda. Me miraba con los ojos muy abiertos, recién salida de las tinieblas.

«Ha estado un año internado en un centro psiquiátrico, según he podido deducir. Había perdido la memoria, no toda la memoria, pero algunas cosas se le habían borrado de la cabeza, casi todas relacionadas con su vida matrimonial. Parece que se curó, al menos, los médicos le dieron de alta. Nada más salir de la clínica, se separó de su mujer. Me pregunto si será verdad.»

«¿Y por qué iba a mentirte? Es una historia fascinante» dijo Flory, entusiasmada.

«Lo contaba como si no acabara de creérselo, como si no le hubiera pasado a él.»

«Ya sabía yo que ese hombre tenía una historia» siguió Flory. «Es tan atractivo. ¿Por qué no me llamaste? Me hubiera puesto cualquier cosa y hubiera bajado.»

Le recordé que estaba enferma, que había tenido fiebre.

«Te prometo que te lo presentaré» le dije.

«Claro» dijo ella. «Ahora ya lo conoces.»

Desdobló la almohada y hundió en ella su cabeza. Cerró los ojos.

«Apaga la luz» dijo, dando por concluida nuestra conversación.

Así era Flory. Había saciado su curiosidad y tenía un nuevo filón donde dejarla libre y profundizar, pero para eso tenía tiempo. Ahora quería dormir. Yo no había tenido tiempo de desvestirme, pero eso a ella no le importaba: que me las arreglara en la oscuridad.

Pero yo no pude cumplir mi promesa, y Flory no llegó a conocer al hombre de la barra. No lo vimos aquel sábado, ni al siguiente, ni ninguna de las noches en las que recalamos en el bar, a la vuelta de un cine o de una cena. Le pregunté a uno de los camareros, el que nos había atendido aquella noche y nos había acompañado hasta la puerta, cerrando el bar tras nuestra marcha. Se acordaba del hombre, ¡cómo no se iba a acordar! Era un cliente fijo y pagaba puntualmente sus cuentas. Bebía mucho, era cierto, pero nunca había causado el menor problema, nunca se había metido con nadie.

«La única noche en que lo vi hablar fue cuando habló con usted. Me fijé porque era muy extraño, y por eso cerré el bar algo más tarde. No quise interrumpirle. Para una vez que hablaba...» Se encogió de hombros. «Y a mí, ¿qué más me da irme a casa a una hora que a otra? No hay nadie que me espere.»

«¿Y no ha vuelto?» pregunté, «porque por un momento temí que el camarero fuera a contarme su vida. Algo tenía la barra de aquel bar.»

«Eso es lo raro» dijo. «No ha vuelto. Y dejó una cuenta pendiente.»

Dije que yo podía pagarla. Al fin y al cabo, aquella noche yo había bebido tanto como él. El camarero hizo un gesto de negación con la mano.

«Son los riesgos del negocio. Y, ¿quién sabe?, puede que algún día vuelva.»

Yo lo volví a ver mucho después, por lo menos media docena de años después. Habían pasado tantas cosas en mi vida que su desaparición no podía preocuparme. Otras personas habían desaparecido de ella. Entre ellas, Flory. Estaba llena de defectos, pero ocupaba un lugar en mi vida y alguna vez la echaba de menos. Ahora vivía con Clara, en otra casa, en otro barrio. Clara me daba mucha más libertad. A ella no le gustaban los bares. Tenía una boutique de ropa infantil. A sus hijos, que vivían con nosotros, les hacía ella misma la ropa. Siempre estaba contenta. No le gustaba cocinar, pero tenía pasión por el orden y cuando no estaba en la boutique estaba en casa. Si yo llegaba tarde, la encontraba dormida. Ya podía encender la luz tranquilamente y ponerme a leer a su lado, que ella no se despertaba y si se despertaba, murmuraba algo así como «me alegro de que hayas llegado, buenas noches», se daba la vuelta y volvía a quedarse dormida.

A mí me gustaba llegar a casa cuando todos dormían. Mis amigos decían que Clara no me iba a aguantar así por mucho tiempo, pero yo creo que me aguantaba por eso. Por lo demás, no salía todas las noches.

Y una de aquellas noches lo vi. También había pasado el tiempo para él, de forma que tardé en reconocerle. Lo tenía delante de los ojos, en su postura de siempre, silencioso, mirando su vaso medio vacío. Estaba más delgado, más encogido, y un ligero temblor recorría sus manos. Había perdido pelo, tenía canas, pero era él: aquella ropa gastada, buena cuando se compró, aquella manera de mirar sin ver a quienes pasaban junto a él. Mi primer impulso fue hablarle, pero me detuve. ¿Qué derecho tenía yo sobre aquel hombre absorto, aferrado a sus silenciosas e interminables noches?

Supongo que mientras lo pensaba, le estaba mirando. Él debió de sentir sobre su cuerpo el peso de mi mirada, porque se volvió hacia mí. En un primer momento, no se inmutó. Yo era una persona anónima, uno más entre los pobladores de la noche. Podía, como los demás, sentarme a su lado, rozarle, mirarle. Él contaba con eso, con estar rodeado de gente. Pero repentinamente, su mirada cambió. Me vio. Apareció en su frente un signo de duda.

«Usted...» empezó. «Ahora caigo. Usted estaba aquella noche en el bar.» Me estremecí. Era su voz, su memoria. Y, de nuevo, como aquella noche de hacía seis años, rompió a hablar:

«No sabe lo que me pasó, claro, ¿cómo iba a saberlo? Salimos juntos del bar, ¿se acuerda? Hacía una noche magnífica, muy estrellada, y estuve andando hasta el amanecer. No había nadie por las calles, eso es lo bueno de las noches. Entonces se escuchan todos los ruidos, los silenciosos ruidos, llenos de ecos. Tengo un oído muy fino para las ruedas de los coches. Los percibo desde lejos, como los hombres del campo pueden oír los caballos», sonrió tenuemente. «Y no se escuchaba ningún ruido cuando crucé la avenida, ningún rumor. Pero apareció el coche y me arrolló. Ni siquiera se detuvo. Me dejó allí, tirado, sin sentido. Supongo que el conductor iría medio borracho. Fue un golpe fuerte. Lo único que recuerdo es el ruido dentro de mi cuerpo, como un cohete que estallase, y la luz de los faros, que me deslumbró. Así que de nuevo fui a parar a un hospital, esta vez por causas físicas.» Hizo un gesto irónico. «Mi cuerpo estaba roto por todas partes: un fémur, un antebrazo y desplazamiento de vértebras. Me escayolaron prácticamente todo el cuerpo. Y así permanecí, tendido boca arriba, con una pierna y una mano levantadas...

Cuatro meses, y luego rehabilitación. La verdad es que algunas veces pensé en usted y hasta me pregunté si no le extrañaría no volverme a ver por el bar, pero mi vida cambió radicalmente. Cuando salí del hospital apenas podía desenvolverme solo y una hermana mía me obligó a instalarme en su casa. Fue un tiempo difícil y aburrido, pero ya pasó» dijo. «Me recuperé totalmente. O casi.»

«Siempre dicen que se vuelve a nacer después de un accidente» dije.

«Eso dicen» asintió, y añadió, mirándome con interés: «No deja de ser curioso que nos hayamos encontrado de nuevo en otro bar.»

«Supongo que somos dos noctámbulos.»

Movió la cabeza, filosófico. Dio un largo trago. De repente, volvió a mirarme, como si súbitamente se hubiera acordado de algo.

«¿Recuerda usted lo que le conté?» me preguntó, «¿recuerda usted mi historia?»

«No era una historia fácil de olvidar.»

«Eso creo yo» dijo, convencido. «No se va usted a creer lo que me pasó después. Hace unos meses me encontré con el doctor, el amigo de mi mujer, ¿se acuerda? Creo que le hablé de esa visita, era un hombre simpático, que hacía bonitos dibujos de máquinas y que parecía tener buenas intenciones, pero yo, sin duda asustado, me desmayé en la consulta, perdí el sentido. Pues bien, yo salía del Banco y me crucé con él en la puerta giratoria. Dio la vuelta y me abrazó. Me quedé asombrado, ¿era para tanto? Pero él seguía mirándome, emocionado. «¡Cuánto me alegro de verle!» repetía. Supongo que debió de comprender que me había sucedido algo y le tuve que explicar lo del accidente. «Pero por lo demás se encuentra usted bien, ¿verdad?» insistía, y quiso que tomáramos un café. «No tengo ninguna prisa» dijo, «no sabe lo que me alegro de verle, lo del Banco puede esperar.» Fuimos a una cafetería. «Nunca pensé que volvería a verle» me confesó entonces, «pero he pensado mucho en usted. Verá, me cuesta decirlo, pero usted es para mí un fracaso profesional. Debo admitirlo. Me equivoqué con usted. Y lo siento, quiero que me disculpe.» Le disculpé, ¿cómo no iba a hacerlo? pero le pregunté por qué decía eso. «Así que no sabe nada» me dijo, asombrado. «Nada de qué» dije yo. «Pues de su mujer.» «Nada, no la he vuelto a ver desde que me separé de ella, hace por lo menos diez años.» Tenía una expresión preocupada. «Está internada» dijo gravemente. «Era ella quien estaba enferma. Inventaba historias. Confunde la realidad con la fantasía. Se encuentra ya en una situación irreversible. Todos los diagnósticos coinciden.» Me miraba con dolor. «Lo siento» dijo. Me apretó el brazo, pagó la cuenta y se fue.

Se fue, así, tranquilamente, diciéndome la verdad de tantos años de mi vida. Salí a la calle y me maravillé del fulgor del sol, del color del cielo. La verdad estaba allí, rodeándome. Apenas me podía sostener en pie.»

Se calló, pensativo. Todavía temblaba.

Algo en mí se estremeció. Su tono de voz, distante, levemente incrédulo, conmovió mi conciencia. Nuevamente dudé, ¿sería cierto lo que me acababa de contar? ¿Qué sentido tenía que inventara esas historias para mí?

«Me pregunto por qué me desmayé» murmuró. «Eso hizo que el médico pensara que yo estaba verdaderamente enfermo. Sólo tenía miedo.» ¿Qué podía decirle? Pedimos otras copas.

A nuestro alrededor, la gente se fue marchando. Quedaba una pareja, un hombre joven y una mujer de cierta edad: ¿una aventura? El camarero se dirigió hacia ellos, entre las mesas.

«Vamos a cerrar» dijo.

«Van a cerrar» dijo el hombre, a mi lado, mientras se llevaba el vaso a los labios, apurando la bebida.

«Esta vez me toca a mí invitarle» dije yo.

En la calle, nos vimos envueltos en una lluvia fina. Era una noche gris de otoño, una noche igual a muchas otras. El hombre me dijo adiós, se subió el cuello de su gabardina y echó a andar. Andaba con dificultad, no como anda un borracho, sino como anda un hombre que no puede dominar el mecanismo que mueve sus piernas. Observé cómo se alejaba y algo me contuvo para no ofrecerme a acompañarle hasta su casa. Tal vez el miedo a hacerme amigo de un demente.

Me dije que su pista volvería a perderse, como la de tantas otras personas que, repentinamente, se esfuman, sin que normalmente lleguemos a saber qué caminos emprendieron cuando se alejaron de nosotros, si les fue mal, si les fue bien, si fueron trágicamente atropellados por un coche o por la misma vida, si fueron, por lo contrario, alzados a alguna hermosa cima desde la que todavía nos recuerdan con la sensación de los buenos momentos, esos buenos momentos que aquel hombre buscaba cada noche, cuando salía del bar y echaba a andar en el silencio de la madrugada, diciéndose que todo estaba bien, lejos y en su sitio, sin importarle demasiado haber sido engañado u ofendido, todo estaba bien en ese momento de valor incalculable .

Y pensé en Flory, en la absorbente y frívola Flory, que tantas miradas de curiosidad había lanzado al extremo de la barra del bar, aspirando a desvelar el misterio de la vida de aquel hombre silencioso y absorto. Me hubiera gustado saber qué pensaba de ese final y me pregunté qué pensaría de él si lo viera ahora, más demacrado que nunca, renqueante y tembloroso. Puede que todavía, incluso así, le hubiera gustado. Lo cierto es que, unas horas más tarde, traté de buscarla, a ella, a la alegre, celosa y persistente Flory, pero no la encontré.

(Reproduced from *La corriente del golfo* [Barcelona: Anagrama, 1993] pp. 55-74.)

CRISTINA FERNÁNDEZ CUBAS

Born 1945, in Arenys de Mar (Barcelona), Cristina Fernández Cubas has a degree in Law and Journalism and spent several years travelling and living abroad. She is now based in Barcelona. Greatly respected for her collections of short stories, she is also the author of two novels: *El año de Gracia* (1985), and *El columpio* (1995). Her books of short stories include: *Mi hermana Elba* (1980), *Los altillos de Brumal* (1983), *El ángulo del horror* (1990), and *Con Ágatha en Estambul* (1994).

Ausencia

Te sientes a gusto aquí. Estás en un café antiguo, de veladores de mármol y camareros decrépitos, apurando un helado, viendo pasar a la gente a través del cristal de la ventana, mirando de vez en cuando el vetusto reloj de pared. Las once menos cuarto, las once, las once y diez. Hasta que de pronto – y no puedes explicarte cómo ha podido ocurrir – sólo sabes que estás en un café antiguo, apurando un helado, viendo pasar a la gente a través de los cristales y mirando de vez en cuando hacia el reloj de pared. «¿Qué hago yo aquí?» te sorprendes pensando. Pero un sudor frío te hace notar que la pregunta es absurda, encubridora, falsa. Porque lo que menos importa en este momento es recordar lo que estás haciendo allí, sino algo mucho más sencillo. Saber *quién* eres tú.

Tú eres una mujer. De eso estás segura. Lo sabes antes de ladearte ligeramente y contemplar tu imagen reflejada en la luna desgastada de un espejo con el anuncio de un coñac francés. El rostro no te resulta ajeno, tampoco familiar. Es un rostro que te mira asombrado, confuso, pero también un rostro obediente, dispuesto a parpadear, a fruncir el ceño, a dejarse acariciar las mejillas con sólo que tú frunzas el ceño, parpadees o te pases, no muy segura aún, una mano por la mejilla. Recuperas tu posición erguida junto al velador de mármol y abres el bolso. Pero ¿se trata de tu bolso? Miras a tu alrededor. Habrá sólo unas cuatro o cinco mesas ocupadas que un par de camareros atiende con una mezcla de ceremonia y desgana. El café, de pronto, te recuerda un vagón restaurante de un expreso, pero no te paras a pensar qué puedes saber tú de vagones restaurantes o de expresos. Vuelves al bolso. El color del cuero hace juego con los zapatos. Luego, es tuyo. Y la gabardina, que reposa en la silla de al lado, también, en buena lógica, debe de ser tuya. Un papel arrugado, junto a la copa del helado y en el que se leen unos números borrosos, te indica que ya has abonado la consumición. El detalle te tranquiliza. Hurgas en el bolso y das con un neceser en el que se apiñan lápices de labios, colorete, un cigarrillo deshecho... «Soy desordenada» te dices. Abres un estuche plateado y te empolvas la nariz. Ahora tu rostro, desde el minúsculo espejo, aparece más relajado, pero, curiosamente, te has quedado detenida en la expresión «empolvarse la nariz». Te suena ridícula, anticuada, absurda. Cierras el neceser y te haces con la cartera. Ha llegado el momento definitivo, y a punto estás de llamar al camarero y pedirle un trago fuerte. Pero no te atreves. ¿Hablarán tu idioma? O mejor: ¿cuál es tu idioma? ¿Cómo podrías afirmar que la luna del espejo en que te has mirado por primera vez anuncia un coñac francés? Algo, dentro de ti, te avisa de que estás equivocando el camino. No debes preguntarte más que lo esencial. Estás en un café – no importa averiguar ahora cómo sabes que esto es un café –, has tomado un helado, el reloj marca las once y diez, y no tienes la menor idea de quién puedas ser tú. En estos casos – porque de repente te parece como si estuvieras preparada para «estos casos» – lo mejor, decides, es no perder la calma. Aspiras profundamente y abres la cartera.

Lo primero que encuentras es una tarjeta de crédito a nombre de Elena Vila Gastón. El nombre no te resulta extraño, tampoco familiar. Después un carnet de identidad con una foto que se te parece. El documento ha sido expedido en el 87 y caduca diez años más tarde. ¿Qué edad tendrás tú? Y también: ¿en qué año estamos? ¿Qué día es hoy? En uno de los ángulos del café observas unas estanterías con periódicos y allí te diriges decidida. Hay diarios en varios idiomas. Sin hacerte demasiadas preguntas escoges dos al azar. El día varía, pero no el año. 1993. Regresas a tu velador junto a la ventana, cotejas fechas y calculas. «Nacida en el 56. Luego, treinta y siete años.» De nuevo una voz te pregunta cómo es que sabes contar y no te has olvidado de los números. Pero no le prestas atención – no debes hacerlo – y sigues buscando. En la cartera hay además algún dinero y otro carnet con el número de socia de un club de gimnasia, de nuevo una dirección y un teléfono. Al principio no caes en la cuenta de la importancia que significa tener tu propio número de teléfono. Te has quedado sorprendida de que te guste la gimnasia y también con la extraña sensación de que a este nombre que aparece por tercera vez, Elena Vila Gastón, le falta algo. «Helena», piensas, «sí, me gustaría mucho más llamarme Helena.» Y entonces recuerdas – pero no te detienes a meditar si «recordar» es el término adecuado – un juego, un entretenimiento, una habilidad antigua. De pequeña solías ver las palabras, los nombres, las frases. Las palabras tenían color. Unas brillaban más que otras, algunas, muy pocas, aparecían adornadas con ribetes, con orlas. Elena era de un color claro, luminoso. Pero Helena brillaba todavía más y tenía ribetes. Como Ausencia. De pronto ves escrita la palabra «ausencia». La letra es picuda y está ligeramente inclinada hacia la derecha. «Ausencia», te dices. «Eso es lo que me está ocurriendo. Sufro una ausencia.» Y por un buen rato sigues con el juego. Café es marrón, Amalia, rojo, Alfonso, gris-plomo, mesa, entre beige y amarillo. Intentas recordarte a ti, de pequeña, pero sólo alcanzas a ver la palabra «pequeña», muy al fondo, en colores desvaídos y letras borrosas. Repites Amalia, Alfonso... Y, por un instante, crees que estos nombres significan algo.

Mecánicamente miras otra vez la foto del carnet de identidad y la comparas con la imagen que te devuelve el espejito del estuche plateado. Relees: «Nacida en Barcelona, 28 de mayo de 1956, hija de Alfonso y Amalia...». ¿Estás empezando a recordar? ¿O Alfonso y Amalia, a los que al principio no habías prestado atención, se han metido ahora en tu pensamiento y se trata tan sólo de un recuerdo inmediato, de hace apenas unos segundos? Murmuras en voz baja: «Alfonso Vila, Amalia Gastón...». Y entonces, de nuevo, te pones a sudar. «Estás perdida», te parece escuchar. «Ausente.» Sí, te hallas perdida y ausente, pero –y aquí sientes de pronto, un conato de esperanza –, dispones de un teléfono. Tu teléfono.

– ¿Se encuentra bien? ¿Le ocurre algo?

Ahora te das cuenta de que las mesas han dejado de bailotear y la voz del camarero ha logrado abrirse paso a través de un zumbido. Niegas con la cabeza. Sonríes. Ignoras lo que ha podido ocurrir, pero no te importa.

– No es nada. Me he mareado un poco. Enseguida estaré bien.

Te has quedado admirada escuchando tu voz. En la vida, en tu vida normal, sea cual sea, debes de ser una mujer de recursos. Tus palabras han sonado amables, firmes, tranquilizadoras.

– Aún no es tiempo de helados –añade el camarero contemplando la copa. Es un hombre mayor, casi un anciano –. Los helados para el verano y un cafecito caliente para el invierno.

Le dices que tiene razón, pero sólo piensas: «Estamos en invierno. En invierno». Te incorporas, coges la gabardina y el bolso, y preguntas dónde está el servicio.

La encargada de los lavabos no se encuentra allí. Observas aliviada una mesa recubierta con un tapete blanco, un cenicero vacío, un platito con algunas monedas, un teléfono. Te mojas la cara y murmuras: «Elena». Es la cuarta vez que te contemplas ante un espejo y quizá, sólo por eso, aquel rostro empieza a resultarte familiar. «Elena», en cambio, te sigue pareciendo corto, incompleto, inacabado. Te pones la gabardina y te miras de nuevo. Es una prenda de buen corte forrada de seda, muy agradable al tacto. «Debo de ser rica», te dices. «O por lo menos tengo gusto. O quizás acabo de robar la gabardina en una tienda de lujo.» La palabra «robar» se te aparece color plomo con tintes verduscos, pero casi enseguida deja paso a «número». Número es marrón –como «teléfono», como «café», pero si dices «mi número», el mi se te revela blanco, esperanzador, poderoso.

Buscas unas monedas, descuelgas el auricular y sabes que, como nada sabes, debes obrar con cautela.

Puedes impostar la voz, preguntar por Elena Vila Gastón, inventar cualquier cosa a la hora de identificarte. «Ha salido. Volverá a las diez de la noche. Está en el trabajo...» Prestarás especial atención al tono empleado. ¿Cotidianeidad? ¿Sorpresa? ¿Alarma? Tal vez quien descuelgue el auricular sea un niño (¿tienes tú hijos?), un adolescente, un hombre (¿estás casada?), una chica de servicio. Eso sería lo mejor. Una chica de servicio. Te presentarás como una prima, una amiga de infancia, la directora de una empresa. No hará falta precisar de cuál. Un nombre extranjero, dicho de corrido. Insistirás en que es importante localizar a Elena. Urgente. Y si escuchas: «Ya no vive aquí. Se mudó hace tiempo», te interesarás por los datos del nuevo domicilio. O quizá – pero eso sería horroroso-: «Falleció hace diez años». O también: «Sí, enseguida se pone, ¿quién la llama?». Porque ahora, aunque empieces a sentirte segura de tu aspecto, no lo estás aún de tu identidad. Elena Vila, murmuras. Y, sintiendo de nuevo el sudor frío, marcas el número, cuelgas, vuelves a componerlo y tienes que jurarte a ti misma, seas quien seas, que no vas a acobardarte ante la primera pista de peso que te ofrece el destino. Además – y eso probablemente te infunde valor – el teléfono garantiza tu invisibilidad. Aprietas la nariz con dos dedos y ensayas: «Oiga».

El tercer timbre se corta con un clic metálico seguido de un silencio. No tienes tiempo de pensar en nada. A los pocos segundos una voz femenina, pausada, modulada, vocalizando como una locutora profesional, repite el número que acabas de marcar, ruega que al escuchar la señal dejes tu mensaje, y añade: «Gracias». Te quedas un rato aún con el auricular en la mano. Después cuelgas, vuelves a mojarte la cara frente al espejo y sales. El camarero, partidario de los cafés en invierno y los helados en verano, te alcanza cojeando en la puerta de la calle: «Se deja usted algo», dice. Y te tiende una revista «Estaba a los pies de la silla. Se le debe de haber caído al levantarse.» La coges como una autómata y musitas: «Gracias». Pero no estás pensando en si aquella revista es tuya, en el pequeño olvido, sino en la mujer del teléfono. «Gracias», repites. Y ahora tu voz suena débil, sin fuerzas. Tal vez te llames Elena Vila Gastón, pero cuán distinta a la Elena Vila Gastón – si es que era ella – que con una seguridad implacable te acaba de ordenar: «Deje su mensaje».

Andas unos cien metros, te detienes ante una iglesia y entras. No te paras a pensar cómo sabes tú que aquello es una iglesia. Como antes, en el café, no quieres preguntarte más que lo esencial. Estás en una iglesia, no te cuesta ningún esfuerzo reconocer los rostros de los santos, y aunque sigas sin tener la menor idea de quién eres tú, piensas, tal vez sólo para tranquilizarte, que lo que te ocurre es grave, pero que todavía podría ser peor. Te sientas en uno de los bancos y te imaginas consternada, a ti, a Elena Vila, por ejemplo, sabiendo perfectamente que tú eres Elena Vila, pero sin reconocer apenas nada de tu entorno. Contemplando aterrorizada imágenes sangrientas, cruces, clavos, coronas de espinas, cuerpos yacentes, sepulcros, monjas o frailes – pero Elena no sabría siquiera lo que es una monja, lo que es un fraile – en actitud suplicante, con los ojos en blanco, señalando estigmas y llagas con una mano, mostrando en la otra la palma del martirio – tampoco Elena sabría lo que es martirio –. Pero todo esto no es más que un absurdo. Algo que tan sólo podría sucederle a un habitante de otra galaxia, a un salvaje traído directamente de la selva. Pero no a ti. Sabes perfectamente quiénes son, por qué están ahí. Y no sientes miedo. Por eso te levantas del asiento y, amparada en la penumbra, te acercas hasta un confesionario y esperas a que una anciana arrodillada termine con la relación de sus pecados. Tú también te arrodillas. Dices: «Ave María Purísima» y te quedas un momento en silencio. Ignoras si esta fórmula que automáticamente han pronunciado tus labios sigue vigente. Adivinas entonces que hace mucho que no te arrodillas en un confesionario y, por un instante, te ves de pequeña, consigues verte de pequeña. Ya no es la palabra – brillante, con ribetes –, sino tú misma hace treinta, quizá más años. «He dicho mentiras. Me he peleado con mis hermanas...» El sacerdote debe de ser sordo, o ciego. O tal vez hace como que escucha y su mente está perdida en un lugar lejano. Pero necesitas hablar, escuchar tu voz, y a falta de una lista de pecados más acorde con tu edad, los inventas. Has cometido adulterio. Una, dos, hasta quince veces. Has atracado un banco. Has robado en una tienda la gabardina forrada de seda. Hablas despacio, preguntándote en secreto si no estarás dando rienda suelta a un montón de deseos ocultos. Pero tu voz, lenta, pausada, te recuerda de repente a la de una locutora profesional, a la de una actriz. Y entonces lo haces. Recitas un número cualquiera luego otro y otro. Después, cuando dices: «Deje su mensaje al escuchar la señal. Gracias», no te cabe ya la menor duda de que tú eres la mujer que antes ha respondido al teléfono. Abandonas el confesionario precipitadamente, sin molestarte en mirar hacia atrás y comprobar si el sacerdote es realmente sordo o ciego. O ahora, asomado entre las cortinas de la portezuela, observa consternado tu carrera.

El aire de la calle te hace bien. El reloj de la iglesia marca las once y diez. Pero ¿es posible que sigan siendo las once y diez? Una amable transeúnte observa tu confusión, mira hacia lo alto, menea la cabeza y te informa de que el reloj de la iglesia no funciona desde hace años. «Son las tres», añade. Es agradable que alguien te hable con tanta naturalidad, a ti, la más desconocida de las desconocidas. Avanzas unos pasos y, con inesperada felicidad, te detienes ante un rótulo. El nombre de la calle en la que te encuentras coincide felizmente con el que figura en el carnet de identidad, en el de socia de un club de gimnasia. «Tengo que ser valiente», te dices. «Seguro que Elena Vila es una mujer valiente.»

Las tres de la tarde es una hora buena, discreta. Supones que los porteros – si es que el edificio cuenta con porteros – estarán encerrados en su vivienda, almorzando, escuchando las noticias frente a un televisor, ajenos a quien entre o salga del portal de la casa. En tu tarjeta de socia de un club se indica que vives en el ático. Piensas: «Me gusta vivir en un ático». El espejo del ascensor te devuelve esa cara con la que ya te has familiarizado y que ocultas ahora tras unas oportunas gafas oscuras que encuentras en el bolso. Sí, prefieres vivir en un ático que en cualquier otro piso. Pero, en realidad, ¿eres tan valiente? ¿Es Elena tan valiente?

No, no lo eres. Al llegar a tu destino y enfrentarte a una puerta de madera, empiezas a temblar, a dudar, a plantearte un montón de posibilidades, todas contradictorias, alarmantes. Tu mente trabaja a un ritmo vertiginoso. Una voz benigna, que surge de dentro, intenta tranquilizarte. En los ojos de la persona que te abra (recuerda: ella no puede ver los tuyos), en su familiaridad, en el saludo, tal vez en su sorpresa, podrás leerte a ti misma, saber el tiempo que llevas vagando por las calles, lo inhabitual o lo cotidiano de tus ausencias. Una segunda voz te intranquiliza. Te estás metiendo en la boca del lobo. Porque, ¿quién eres tú? ¿No hubiera sido mejor ponerte en manos de un médico, acudir a un hospital, pedir ayuda al sacerdote? Has llamado seis veces y nadie responde. No tardas en dar con el llavero y abrir. Después de un titubeo, unos instantes en los que intentas darte ánimos, te detienes. ¿Qué vas a encontrar aquí? ¿No será precisamente *lo que hay aquí* la causa de tu huida, lo que no deseas recordar por nada del mundo?

A punto estás de abandonar, de correr escaleras abajo, de refugiarte en la ignorancia, en la desmemoria. Pero has empujado la puerta, y la visión del ático soleado te tranquiliza. Recorres las habitaciones una a una. El desorden del dormitorio te recuerda al de tu neceser. El salón tiene algo de tu gabardina, la prenda de buen corte que ahora, en un gesto impensado, abandonas indolentemente sobre un sofá. Te sientes a gusto en la casa. La recorres como si la conocieras. En la mesa de la cocina encuentras los restos de un desayuno. El pan es blando – del día –, y no tienes más que recalentar el café. Por un momento todo te parece un sueño. ¡Cómo te gustaría ser Elena Vila, vivir en aquel ático, tener el rostro que te devuelven los espejos, desayunar como ella está haciendo ahora, a las tres y media de la tarde, en una cocina llena de sol!

Eres Elena Vila Gastón. Sabes dónde se encuentran los quesos, el azúcar, la mermelada. No dudas al abrir los cajones de los cubiertos, de los manteles, de los trapos. Algunas fotografías enmarcadas te devuelven tu imagen. Algo más joven. Una imagen que no te complace tanto como la que se refleja en el espejo del baño, en el del salón, en el del dormitorio. Al cabo de varias horas ya sabes mucho sobre ti misma. Has abierto armarios, álbumes de fotografías, te has sentado en la mesa del estudio. Eres Elena – ¿por qué antes hubieras preferido Helena? –, tienes treinta y siete años, vives en un ático espacioso, soleado... Y no vives sola. En el álbum aparece constantemente un hombre. Se llama Jorge. Sabes inmediatamente que se llama así, como si de pronto las fotografías que ahora recorres ansiosa tuvieran una leyenda, una nota al pie, un título. Reconoces países, situaciones. Te detienes ante un grupo sonriente en la mesa de un restaurante y adivinas que aquella cena resultó increíblemente larga y tediosa. Pero sobre todo te detienes en Jorge. A Jorge le pasa como a ti. Está mejor en las fotos recientes que en las antiguas. Sientes algo especial cada vez que das con su imagen. Como cuando abres un armario y acaricias su ropa. En los álbumes no hay fotos de boda. Pero ¿podrías imaginarte a ti, diez, quince años atrás, con un traje de boda? No, decides. Yo no me he casado, y si lo he hecho no ha sido vestida de blanco. «Me horrorizaría haberme casado de blanco.» Pero ya no estás imaginando, suponiendo. Desde hace un buen rato – desde el mismo momento, quizás, en que te desprendiste de la gabardina, sin darte cuenta, como si estuvieras en tu casa, como quien, después de un día agitado, regresa al fin a su casa –, es tu propia mente la que se empeña en disfrazar de descubrimiento lo que ya sabes, lo que vas reconociendo poco a poco. Porque hay algo hermoso en este reencuentro, algo a lo que te gustaría aferrarte, suspender en el tiempo, prolongar. Pero también está el recuerdo de un malestar que ahora se entrecruza con tu felicidad, y que de forma inconsciente arrinconas, retrasas, temes.

En el contestador hay varias llamadas. Una es un silencio que reconoces tuyo, al otro lado del teléfono, en los lavabos de un bar, cuando no eras más que una desconocida... Otra es del trabajo. De la redacción. De la misma revista que esta mañana te ha devuelto el camarero – aquel pobre hombre, tan mayor, tan cansado: «Se deja usted algo» – y a la que tú, enfrascada en otros olvidos, ni siquiera has prestado atención. La última es de Jorge. «Helena», dice – o a ti, por lo menos, te ha parecido escuchar «Helena» –. Jorge llegará mañana por la noche, y aunque, en aquel momento, te gustaría que fuera ya mañana, decides que es mucho mejor así. Hasta en esto has tenido suerte. Estabas disgustada, por tonterías, por nimiedades, como siempre que emprende un viaje y llega más tarde de lo prometido... O tal vez, simplemente, como siempre. Porque había algo más. El malestar que ya no tenía que ver sólo con Jorge, sino con tu trabajo, con tu casa, contigo misma. Una insatisfacción perenne, un desasosiego absurdo con los que has estado conviviendo durante años y años. Quizá gran parte de tu vida. «Vila Gastón», oyes de pronto. «Siempre en la luna... ¿Por qué no atiende a la clase?» Pero no hace falta remontarse a recuerdos tan antiguos. «Es inútil» – y ahora es la voz de Jorge hace apenas unas semanas –. «Se diría que sólo eres feliz donde no estás...» Y entonces comprendes que eres una mujer afortunada. «Bendita Ausencia», murmuras. Porque todo se lo debes a esa oportuna, deliciosa, inexplicable ausencia. Esas horas que te han hecho salir de ti misma y regresar, como si no te conocieras, como si te vieras por primera vez. La mesa de trabajo está llena de proyectos, dibujos, esbozos. Coges un papel cualquiera y escribes «Ausencia» con letra picuda, ligeramente inclinada hacia la derecha. Con ayuda de un rotulador la rodeas de un aura. Nunca te desprenderás del papel, lo llevarás en la cartera allí a donde vayas. Lo doblas cuidadosamente y, al hacerlo, te das cuenta de que el azar no existe. Porque entre todas las posibilidades has ido a elegir precisamente un papel de aguas. Miras las virutas: grises, marrones, violáceas. Así estabas tú, en un mar de olas grises, marrones, violáceas, sobre el que navega ahora tu tabla de salvación. *Ausencia*. Te notas cansada, agotada, la noche ha caído ya, mañana te espera una jornada apretada. Pero en el fondo te sientes como una recién nacida que no hace más que felicitarse por su suerte. Cuando por fin te metes en la cama, es tarde, muy tarde, estás exhausta y ya casi te has acostumbrado a tu felicidad.

El despertador interrumpe un crucero por aguas transparentes, cálidas, apacibles. Remoloneas un rato más en la cama. Sólo un rato. Te encuentras aún en la cubierta de un barco, tumbada en una hamaca, enumerando todo lo que debes hacer hoy, martes, día de montaje, como si engañaras al sueño, como si ganaras tiempo desde el propio sueño. Siempre te ocurre igual. Pero las manecillas del reloj siguen implacables su curso y, como casi todas las mañanas, te sorprendes de que esos instantes que creías ganados no sean más que minutos perdidos. En la mesilla de noche una pequeña agenda de cuero verde te recuerda tus obligaciones. «A las nueve montaje»; «Por la noche aeropuerto: Jorge». Pasas por la ducha como una exhalación, te vistes apresuradamente y, ya en la calle, te das cuenta de que el día ha amanecido gris, el cielo presagia lluvia y únicamente para el reloj de la iglesia la vida sigue empecinadamente detenida a las once y diez. Como cada día. Aunque hoy, te dices, no es como cada día. Estás muy dormida aún, inexplicablemente dormida. Pero también tranquila, alegre. Por la noche irás al aeropuerto. Hace ya muchos años que no acudes al aeropuerto a buscar a Jorge. Te paras en un quiosco y compras el periódico, como todas las mañanas. Pero ¿por qué lo has hecho hoy si esta mañana no tiene nada que ver con la rutina de otras mañanas? Tienes prisa, no dispondrás de un rato libre hasta la noche, ni tan siquiera te apetecerá ojearlo en el aeropuerto. No encuentras monedas y abres la cartera. A las quiosqueras nunca les ha gustado que les paguen con billetes de mil y la que ahora te mira con la palma de la mano abierta no parece de humor. Terminas por dar con lo que buscas, pero también con un papel doblado, cuidadosamente doblado.

La visión de «Ausencia» te llena de un inesperado bienestar. Cierras los ojos. Ausencia es blanca, brillante, con ribetes. Como Helena, como aeropuerto, como nave.... «Yo misma escribí esta palabra sobre este papel de aguas. Antes de meterme en la cama, antes de soñar.» El trazo de las letras se te antoja deliciosamente infantil («infantil» es azulado. No podrías precisar más: azulado) y por unos instantes te gustaría ser niña, no tener que madrugar, que ir al trabajo. Aunque ¿no era precisamente este trabajo con el que soñabas de niña? Sí, pero también soñabas con viajar. Embarcarte en un crucero como el de esta noche. ¡Qué bien te sentaría ahora tumbarte en una hamaca y dejar pasar indolentemente las horas, saboreando refrescos, zumos exóticos, helados! Piensas «helado», pero ya has llegado a la redacción, llamas a tu ayudante y pides un café. «Estamos en invierno. Los helados para el verano, el café para el invierno.» Y miras a la chica con simpatía. Ella se sorprende. Tal vez no la has mirado nunca con simpatía. Aunque en realidad te estás mirando a ti, a un remolino de frases que se abren paso en tu mente aún soñolienta. Sonríes, abres la agenda y tachas «A las nueve montaje». La chica se ha quedado parada. Junto a la puerta. Dudando si tras tu sonrisa se esconde una nueva petición, una orden. «Café», repites. «Un café doble.» Pero de repente su inmovilidad te contraría. Tú con un montón de trabajo, con cantidad de sensaciones que no logras ordenar, y ella inmóvil, ensimismada junto a la puerta. «¿Todavía estás ahí?» La ayudante ya ha reaccionado. Tu voz ha sonado áspera, apremiante, distanciándote del remolino de pensamientos y voces en que te habías perdido hace un rato. «Perdida», dices. Pero la palabra no tiene color. Como tampoco lo que hay escrito dentro de ese papel de aguas que ahora vuelves a desdoblar y extiendes sobre la mesa. Virutas grises, marrones, violáceas...

Reclamas unos textos, protestas ante unas fotografías. Estás de malhumor. Pero nadie en la redacción parece darse cuenta. Ni siquiera tú misma. Tal vez sea siempre así. Tal vez tú, Elena Vila Gastón, seas siempre así. Constantemente disgustada. Deseando ser otra en otro lugar. Sin apreciar lo que tienes por lo que ensueñas. Ausente, una eterna e irremediable ausente que ahora vuelve sobre la agenda y tacha «Por la noche aeropuerto: Jorge». ¡Qué estupidez! ¿En qué estarías pensando? ¿Cómo se te pudo ocurrir? Porque si algo tienes claro en esta mañana en la que te cuesta tanto despertar, en la que a ratos te parece navegar aún por los trópicos tumbada en una hamaca, es que tu vida ha sido siempre gris, marrón, violácea, y que el día que ahora empieza no es sino otro día más. Un día como tantos. Un día exactamente igual que otros tantos.

(Reproduced from *Con Agatha en Estambul* [Barcelona: Tusquets, 1994] pp. 151-170.)

JULIO LLAMAZARES

Born in Vegamián (León), 1955, Julio Llamazares has a degree in Law but works as a journalist in Madrid for Spanish radio, TV and press. He is author of two books of poems: *La lentitud de los bueyes* (1979) and *Memoria de la nieve* (1982, Premio Jorge Guillén); three novels: *Luna de lobos* (1985), *La lluvia amarilla* (1985), and *Escenas de cine mudo* (1994); and a narrative essay, *El entierro de Genarín* (1981). Unlike the urban writers of his generation, he has always been more interested in the disappearing rural world, and *El río del olvido* (1990) was the result of his travels throughout the Leonese region.

Carne de ballena

La primera vez que salí de Olleros fue para ver el mar: un día del mes de julio, a principios de un verano inolvidable (por ese día y por los que le sucedieron) que pasó, como todos, muy deprisa, pero que quedó grabado para siempre en esta foto que un fotógrafo de playa me sacó en la de Ribadesella, en Asturias, al borde del mar Cantábrico.

Fui en el coche de la empresa, una vieja DKW[1] azul y negra que la gente de la zona llamaba la *Chivata* porque durante los muchos años que estuvo en funcionamiento fue su mejor alarma: utilizada exclusivamente para llevar a la mina a los ingenieros (los mineros iban a pie o en dos viejos autobuses que hacían a cada turno la recogida por todo el valle), su regreso antes de tiempo era la señal más clara de que algo inhabitual, normalmente un accidente, había ocurrido; lo que provocaba al punto el pánico entre la gente y la angustia de las mujeres que tenían a sus hijos o maridos trabajando y que corrían hacia la mina intentando averiguar qué había pasado.

Aquel día, sin embargo, no había pasado nada. Aquel día, simplemente, la *Chivata* había cambiado su rumbo y también sus pasajeros habituales y, por la carretera de Asturias, se dirigía hacia las montañas llevando en sus asientos a una veintena de niños, la mayoría de los cuales era la primera vez que salíamos de viaje. Recuerdo todavía la subida hacia el Pontón y la visión de la cordillera recortándose en el cielo como en una gran pantalla. Recuerdo el brillo del sol filtrándose entre los árboles y, al atravesar Asturias, el penetrante olor de los tilos y los laureles mojados. Pero lo que más recuerdo de aquel viaje, lo que me impresionó de él hasta el punto de que aún no lo he olvidado, fue la visión del mar – aquel resplandor azul – surgiendo de repente, después de varias horas de camino, en la distancia.

Muchas veces he vuelto a aquella playa (alguna vez, incluso, por el mismo camino de aquel día) pero jamás he vuelto a sentir la enorme conmoción que me causó aquella mañana. Era todo: la emoción del paisaje y del viaje, la resaca del sueño (para aprovechar el día, la *Chivata* había partido de la plaza de Sabero muy temprano), la nostalgia de un mar sólo visto en el cine, en aquellas viejas películas de piratas que protagonizaba Errol Flynn[2] y que concluían siempre en una gran batalla (batalla que a veces se propagaba hasta el gallinero, ante el enfado del señor Mundo, que interrumpía la proyección y bajaba con el cinto a poner orden en la sala), y, sobre todo, la posibilidad de conocer al fin el lugar donde vivían aquellos gigantescos animales cuya carne fuerte y roja me había salvado la vida, según mi madre, cuando tenía seis años: las ballenas.

Le había mandado dármela, para curarme una anemia, el médico de la empresa, un extraño y solitario personaje cuyo prestigio profesional – que, según supe más tarde, traspasaba con creces el ámbito de las minas y las fronteras del valle – ni siquiera habían logrado empañar (antes, por el contrario, pienso que lo acentuaban) su extraño y hosco carácter y su gran afición a la bebida, una afición que no sólo no ocultaba, sino que cultivaba con pasión, pese a que más de una vez hubiese obligado a alguno a meterle la cabeza bajo el grifo para que pudiera atender a un parto o a un minero accidentado. Todavía recuerdo con repugnancia aquella textura extraña: ni salada ni dulce, ni muy fuerte ni muy suave. O, mejor: demasiado fuerte para ser pescado y demasiado suave para ser carne. Mi madre la compraba cada lunes en Boñar (para lo que tenía que ir en el coche de línea[3] de la mañana y regresar después en el de la tarde) y me la cocinaba luego para toda la semana. Y, durante todo ese tiempo, aquel olor a marino que yo tanto aborrecía llenaba toda la casa.

Aquel olor a marino, que ahora recuerdo de nuevo, merced a esta fotografía, al cabo de tantos años, me sorprendió de golpe aquel día en cuanto la *Chivata* entró en Ribadesella y, por entre palacetes y palmeras que a mí, recuerdo, me parecieron, en vez de árboles, extraños fuegos artificiales, se dirigió hacia la playa. Era una mañana limpia, plena de luz y gaviotas, y la playa estaba llena de bañistas que tomaban el sol tumbados sobre la arena o nadaban lentamente entre los barcos. Nosotros estuvimos mirándolos un rato y, luego, temerosos, bajamos junto a ellos dispuestos a imitarlos. Yo, recuerdo, no tenía bañador (seguramente, de entre nosotros, no debía de tenerlo casi nadie: para bañarnos en el reguero, junto a los lavaderos del pozo viejo, no lo necesitábamos) y sentí mucha vergüenza al tener que quedarme en calzoncillos para poder meterme en el agua. Pero no estaba dispuesto a volver a casa sin haberme bañado en el mar, después de tan largo viaje, y, sobre todo, sin conocer el lugar donde vivían aquellos monstruos que sólo había visto en el cine, en una vieja película de esquimales, pero que, según mi madre, me habían salvado la vida cuando tenía seis años. No los vi, aunque sí creí sentir, recuerdo, su fuerte olor a salitre y a carne tierna de algas. Los busqué entre las olas sin encontrarlos, y sin oír a lo lejos sus gritos amenazantes, pero, al regreso, en el nocturno viaje de vuelta que yo hice entero durmiendo, tumbado entre dos asientos y enrollado en una manta (la misma con que tapaban, según me dijeron luego, a los mineros accidentados), vine soñando con ellos y con sus chorros de agua. Sueño que se prolongó durante los cuatro días que hube de pasar en cama delirando y temblando a causa de la pulmonía que me originó aquel viaje (la vergüenza que no me había impedido quedarme en calzoncillos al llegar para meterme en el agua, me había impedido, en cambio, quitármelos después para que se me secaran) y que me devuelve ahora esta fotografía en la que aún sigo en la playa, inmóvil entre unas olas que también están paradas, esperando a que el fotógrafo regrese y el tiempo que éste detuvo se vuelva a poner en marcha.

Esperando a Franco

Aún hice, pese a ello, que recuerde, a las dos o tres semanas de aquel viaje, otro viaje en la *Chivata*. Fue más corto y más rápido que aquél – hasta el cruce de Sabero solamente –, pero igual de emocionante: además de volver a salir de Olleros, íbamos a ver al hombre cuya foto presidía los silencios de la escuela colgada al lado del crucifijo y cuya imagen severa llenaba todos los libros y todos los noticiarios cinematográficos:[4] Franco. (Quizá por eso, aquella otra mañana, en el nevado patio del cuartel en el que dos mil soldados soportábamos impávidos el frío y la interminable arenga del coronel que acababa de anunciarnos entre lágrimas lo que todos ya sabíamos: su muerte de madrugada tras una larga agonía,[5] yo recordé, en lugar de su historia o de sus últimas apariciones en público, la lejana mañana en que me llevaron a verlo a la carretera de Asturias.)

Como la de Ribadesella, recuerdo que también aquella vez me sacaron de la cama muy temprano. Era de noche aún cuando mi madre fue a despertarme y seguía siendo de noche – aunque ya empezaba a verse un halo de claridad hacia Peña Corada – cuando mi padre y yo salimos de casa, yo vestido de domingo y él con su traje de rayas (el único traje que le conocí y que le duró mil años), para ir a reunirnos con la gente que ya esperaba en la carretera la llegada de la *Chivata*: todos los chicos de Olleros, más los maestros y algunos hombres vestidos con la ropa de la mina o con los guardapolvos negros del economato[6] (al parecer, aquel día no trabajaba nadie). Así que la *Chivata* tuvo que hacer varios viajes, y eso a pesar de que algunos decidieron ir andando para no tener que esperar su vuelta o por miedo a llegar tarde. Aunque nadie lo sabía con certeza, se decía que Franco pasaría por el cruce de Sabero alrededor de las once de la mañana.

Yo llegué allí mucho antes, hacia las nueve y media, en el segundo viaje de la *Chivata,* pero, al llegar, ya encontré mucha gente reunida alrededor de la carretera y del camino que entraba a los depósitos del carbón del lavadero de Vegamediana. Era gente de Sabero y de otros pueblos cercanos que había llegado andando y que portaba, como nosotros, pancartas de bienvenida y banderolas de España; unas pequeñas banderas hechas de trapo y papel que la empresa había repartido en las escuelas el día antes y que convertían la carretera en un mar de colores rojigualdas. Había también algunas banderas grandes, en las ventanas del bar del cruce y del hangar que había al lado y en las torretas del lavadero a las que algunos trabajadores se habían subido a mirarnos. Todo el mundo parecía estar nervioso, sobre todo los maestros, y especialmente mi padre, empeñado todo el rato en que sus alumnos permaneciéramos juntos y no invadiéramos la calzada, y los guardias civiles que cada pocos metros vigilaban la carretera alineados delante de la gente o montados a caballo. Había tantos que pensé que iba a ocurrir algo grave. Ignoraba todavía que los *mineros* éramos un peligro,[7] el mayor de todo el viaje, para los encargados de velar por la seguridad de Franco.

Hacia las diez y media, llegó un coche con más guardias. Eran los jefes de aquéllos, que venían por delante despejando la carretera y comprobando la vigilancia, y su llegada contribuyó a aumentar el nerviosismo general y a hacernos creer a todos que el momento esperado se acercaba. Pero, contra lo que parecía, no llegó nadie. Contra lo que parecía – y contra lo que todo el mundo, especialmente los niños, estábamos deseando –, Franco siguió sin aparecer y la impaciencia volvió a cundir entre los que desde hacía horas estábamos esperándolo. Aún tendríamos, no obstante, que esperar otra hora más antes de que *Tarzán,*[8] quien, para no perder la costumbre, se había subido a un árbol, diera la señal de alarma:

– ¡Que viene! ¡Que viene! ¡Que ya está junto a la curva!

Fue la locura. Después de tan larga espera, la ansiedad y la impaciencia tanto tiempo contenidas se desbordaron de golpe y la gente empezó a gritar y a empujar a los primeros, que éramos los más pequeños, tratando de ver algo, al tiempo que agitaba las banderas y prorrumpía en vivas a Franco.[9] Es todo lo que recuerdo, todo lo que quedó grabado en la retina de mi memoria, aparte del coche negro en el que viajaba aquél, según me dijeron luego, pues yo no pude ver nada, y de los empujones de los guardias, que trataban de ese modo de impedir que la gente se acercase demasiado. Ante mi decepción y mi sorpresa (y supongo que también ante la decepción y la sorpresa generales), la comitiva pasó de largo a toda velocidad sin que Franco se parara un instante tan siquiera a saludarnos. Cuando me quise dar cuenta, la *Chivata* estaba de vuelta, y nosotros con ella, de nuevo a casa.

Al día siguiente, en el cine, me enteré de a dónde iba y de por qué no había parado a saludarnos. Morán, el hijo del guardia, nos contó que Franco tenía prisa porque iba a pescar salmones al río que yo había visto en Ribadesella cuando me llevaron a ver el mar al principio de aquel mismo verano. Morán decía que Franco era tan buen pescador que no sólo los pescaba por docenas, sino que, cada vez que venía, cogía el mayor del año. José Luis, el de La Herrera, que era hijo de furtivo[10] y que presumía por ello de conocer el río mejor que nadie, decía que así cualquiera, que a él le había dicho su padre que los guardas le cogían los salmones con tresmallos[11] el día antes y se los ponían en el anzuelo[12] sin que Franco, que era tonto, se enterara. Al final como es lógico, José Luis y Morán acabaron pegándose.

Yo nunca había visto un salmón (por eso no dije nada), pero, por lo que contaban: que vivían en el mar en el invierno y en el río en el verano y que podían llegar a pesar hasta mil kilos, deduje que serían una especie de ballenas o de culebras gigantes y que por eso sólo los podía pescar Franco. Quizá por eso también (y porque, como a las ballenas, tampoco a él había podido verlo, tan sólo el coche en el que viajaba), durante mucho tiempo pensé que Franco debía de oler como aquella carne cuyo olor blando y dulzón, a fiebre y a pan de algas, me devolvía siempre, desde aquel viaje a Ribadesella, la visión de la *Chivata*: esa vieja DKW azul y negra a cuyas ventanillas sigo asomado, junto con mucha otra gente, agitando una bandera y mirando hacia la cámara, en esta foto movida y velada por un lado (quizá porque nos la hicieron con la *Chivata* ya en marcha) el día en que me llevaron hasta la carretera de Asturias para ver pasar a Franco.

(Reproduced from *Escenas de cine mudo* [Barcelona: Seix Barral, 1994] pp. 133-144.)

NOTES TO THE STORIES

Ignacio Martínez de Pisón (pp. 1-13)

Otra vez la noche

1. quirópteros: chiropterans, an order of placental mammals, mainly bats.

2. Wayne Shorter: (1933-), American jazz saxophonist, bandleader and composer.

3. Classes in the development of the musical ear.

4. Song by the American early jazz pianist and songwriter, Hoagy Carmichael, best known in a version by the blind American jazz, rhythm and blues singer and pianist, Ray Charles.

5. Julio Cortázar: (1914-1984), Argentinian novelist and short-story writer.

6. Carlos Barral: (1928-1989), Catalan poet who wrote in Castilian; publisher and important figure in Spanish intellectual life whose memoirs are testaments of mid-twentieth-century cultural history.

7. Vicente Aleixandre: (1898-1984), Spanish poet, member of the famous generation of 1927, Nobel Prize for Literature, 1977.

8. dixieland: jazz; a variety of current styles originating from early New Orleans jazz, also specifically used to denote versions of the Chicago style of the 1920s.

9. un par de porros: a couple of joints, spliffs (of cannabis).

10. Vete al carajo: go to hell.

11. Iván Zulueta: Spanish film director, mainly works in video and short films; *Arrebato* (1979), an offbeat cult film about film technology and vampirism.

12. Jacques Tourneur: (1904-1977), American film director; *Retorno al pasado* (*Out of the Past*), 1947, *film noir*.

13. famous café at one end of *Les Rambles* in Barcelona.

14. well-known live music club in Barcelona.

15. Jan Garbarek: (1947-), Norwegian jazz saxophonist and composer.

16. antropófagos: cannibal; a reference to the 1963 Hitchcock film, *The Birds*, in which a town is invaded by aggressive flesh-eating crows.

Javier Cercas (pp.14-21)

Encuentro

1. **monigotes de trapo:** rag dolls.
2. **glicinas:** wisteria, a twining woody vine with blue or purple or white flowers.
3. **Ivanhoe:** Wilfred of Ivanhoe, hero of the novel *Ivanhoe* (1819) by Sir Walter Scott (1771-1832) who goes to fight on Richard's side in Palestine on the Third Crusade (1189-1193). On his return to England and Richard's release from captivity in Austria, they oppose and overcome Prince John and his discrimination against Saxons. As these are the two swashbuckling heroes in the novel, it would be natural for little boys to choose to be one or other of them in their mock battles although, in fact, the enemy for Rowena's hand was one of Prince John's knights, Maurice de Bracey.
4. **Ricardo Corazón de León:** Richard I; called the Lionheart (1157-1199), King of England from 1189-1199, famously never spent a full year in England in his life. He appears as the mysterious Black Knight in *Ivanhoe*.
5. **Rowenna:** Rowena (sic), heroine of *Ivanhoe*, Saxon princess descended from Alfred the Great; Cercas uses the alternative spelling of Rowenna.
6. **Blake:** William Blake (1757-1827); English engraver, painter, poet and mystic.
7. **Verlaine:** Paul Verlaine (1844-1896); French Symbolist poet.
8. **Ayax y Héctor:** Ajax, Ancient Greek warrior who almost killed Hector, the greatest Trojan warrior, in the Trojan War, but night came and stopped their fight and they went away each undefeated. Their story is told in Homer's *Iliad*.
9. **ninfas:** nymphs, female spirits, part of nature.
10. **Helena:** Helen of Troy, judged the most beautiful woman in the world; the cause of the ten-year Trojan war between Athens and Troy, related in the *Iliad*.
11. **Montgomery:** Fieldmarshall Montgomery, Viscount Montgomery of Alamein, (1887-1976); British Army commander, winner of the Battle of Alamein (1942), accepted the German capitulation in 1945.
12. **Balboa:** Vasco Núñez de Balboa, (1475-1519); Spanish explorer, first European to see the Pacific Ocean.
13. **Plinio el Viejo:** Gaius Plinius Secundus, (23-79), Roman soldier and writer on natural history; he died by getting too close to the great eruption of Mount Vesuvius.
14. **caparazón:** shell.

15. insectos negros: a reference to the fact that education during the Franco period was dominated by the religious orders with their black habits and morally very strict approach, both to discipline and religious education.

16. los asirios: the people and culture of the ancient kingdom of Assyria in Northern Mesopotamia; at its height the Assyrian empire extended from the Persian Gulf to Egypt.

17. los numas: Numidians; people of Numidia, ancient kingdom in what is now Algeria, part of the Roman Empire from 206 BC.

18. Mesopotamia: a region between the Tigris and the Euphrates rivers, where Iran and Iraq are situated today; called the cradle of civilisation, the site of several ancient civilisations.

19. the bombardment of alpha particles, a procedure in nuclear physics.

20. Platón: Plato (?427-?347 BC); Ancient Greek philosopher, one of whose core theories was that life was just a shadow of heaven or eternity, seen as if reflected in a mirror in a cave.

21. Eric Burdon: (1941-), lead singer with the English sixties pop group *The Animals*; made many solo albums in different pop styles subsequently, best known for his recording of 'The House of the Rising Sun'.

22. Quevedo: Francisco de Quevedo y Villegas (1580-1645), Spanish poet and novelist; famous as a satirist and writer of witty, conceit-laden sonnets (i.e., sharp juxtapositions of unlikely imagery to create a clever metaphor).

23. Arno: Italian river which flows through Florence.

24. Uffizi: the Uffizi Gallery in Florence; one of the finest art galleries in Europe.

25. Uccello: Paolo Uccello (1396-1475), Florentine painter; largely forgotten after his death until the twentieth century, chiefly known for developing the science of perspective as applied to painting.

26. What a beautiful perspective!

27. Rembrandt: Rembrandt Harmensz van Rijn (1606-1669), Flemish painter; one of the greatest and most influential of his age.

28. *Mogambo*: *Mogambo*, a 1953 John Ford film starring Clark Gable, Donald Sinden and Grace Kelly, in which a love triangle exists between Kelly, Sinden (her husband) and Gable, similar to that in *Encuentro*.

Paloma Díaz-Mas (p. 22)

La infanta Ofelia

1. *Romance de* **Portocarrero:** The ballad tradition in Spain goes back to the 14th century; one grouping of these ballads or romances, the Moorish ballads, deals in a romanticised way with the history of the Moorish occupation, life in Moorish Andalusia and the interaction between Moor and Christian. *La infanta Ofelia* recreates, to some extent, the ambience of these ballads.

2. Ofelia: Ophelia, the heroine of Shakespeare's *Hamlet* who goes mad and drowns herself when she is rejected by her lover, Hamlet, and finds out that he has killed her father, Polonius.

3. aya: aya; a maid-cum-nurse.

4. almadraques: pillows, mattresses or large cushions.

5. lavadero del ejido: laundry area in common land with big sinks or scrubbing surfaces (*pilones*).

6. pozos sin brocal: wells without surrounding walls, open wells.

7. arrayanes: myrtle, a shrub with pink or white flowers and fragrant blue-black berries.

8. adarves: walkways immediately behind the parapet of a castle or fortification.

Lourdes Ortiz (pp. 23-8)

Salomé

1. Salomé: Salome, the daughter of Herodias; performed the *Dance of the Seven Veils* for Herod on condition that he reward her with the head of John the Baptist, at the time imprisoned by Herod.

2. saduceos y fariseos: Sadducees, an ancient Jewish sect, founded by Zadok, which denies the existence of angels, the resurrection of the dead and the authenticity of religious practice based on oral tradition; Pharisees, a sect which believes in the coming of the Messiah and the strict observance of Jewish ritual and tradition. These sects are opposed but their priests are mentioned in the New Testament as being united in their rejection of the teachings of Christ and his prophet, John the Baptist.

3. te despojaba de la hembra: stripped you of your femininity (your womanliness, awareness of your sexuality).

4. calidoscopio: kaleidoscope; an optical toy made of mirrors (sometimes revolving) in a tube or container, which reflect light or other (usually coloured) objects within the container.

5. duermevelas: light sleep; the sort of half-waking, half-sleeping state in which it is believed to be possible to experience psychic phenomena.

6. aletargando: (aletargar) to supress or lull.

7. añagaza: a decoy in hunting; a dead bird, animal, or piece of meat used to attract game.

8. las sonajas: a type of hand-held set of bells or a rattle, to accompany dance.

9. Afrodita: Aphrodite in Greek mythology, Venus in Roman; the goddess of love, beauty and fertility.

10. Astarté: Astarte, the mother goddess of Canaanite (the Israel of the Old Testament) mythology; goddess of love, beauty and fertility like Aphrodite/Venus, lady of the sea and revered by heretical Jews in the Old Testament as the wife of Yaweh (God the Father). Here allusion is made to one version of the myth which credits her with many breasts.

11. A reference to the contrast between the Pagan (Roman) belief in many different gods – and their celebration and adoration in temples, with altars dedicated to marble statues of these gods – and the Jewish belief in one god: God the Father and the Messiah, His Son, who is yet to come to save the world.

12. Apart from Rome, the cultural and religious influences during the reign of King Herod were those arising from the two great empire cultures of the region, the Greek and the Persian. The closest foreign capital and crucible of all these influences was at Damascus.

13. Hermits who would retire to fast and pray in the wilderness in anticipation of the coming of the Messiah; John the Baptist was the most famous of these.

14. Herodes Antipas: Herod Antipas (22 BC – c.40 AD); under the Roman Empire Tetrarch of Galilee and Peraea (provinces of Israel), he divorced his first wife to marry Herodias, the wife of his half-brother, Philip, and was condemned by John the Baptist for this. He was never granted the title King under Roman legislation although he is still popularly known as 'King Herod'.

15. esenios: an ancient Jewish sect, the Essenes, who espoused communal living and absolute poverty and lived very simple, almost monastic lives; the Dead Sea Scrolls are ascribed to this sect.

16. John's condemnation of Herodias as a whore for having married Herod, or enticed him into matrimony.

17. Juan: John the Baptist, in Christianity, the last prophet; the one designated to go before Christ, baptising, fasting in the wilderness and preaching the imminent coming of the Messiah. He was born miraculously in her old age to the Blessed Virgin's cousin, Elizabeth.

18. cilicio: hair shirt; worn by ascetics i.e., people who deliberately deprive the body of food, sleep and material comfort in pursuit of religious/mystical enlightenment, in the Jewish and particularly the Christian mystical tradition.

19. anacoretas: anchorites were ascetics who lived in caves in the wilderness or, later on in Medieval Europe, had themselves walled up in tiny spaces in convents and monasteries, passing food and waste through a small hole.

20. efebo: ephebe; in Ancient Greece, a youth about to assume full citizenship, usually one in military training.

21. hetaira: hetaera, in Ancient Greece an educated courtesan or concubine.

22. virgo: virgin, but also the quality or deity of virginity.

23. sofía: sophy; a man or woman embodying wisdom.

24. Sumo sacerdote: High Priest.

25. artilugios teológicos: theological argument with a complex structure.

26. sofismas: an argument that may look very convincing but is in fact based on false premises.

27. modorra de la mirra: sleepy state induced by the fragrance of myrrh.

28. cítara: zither; an ancient stringed instrument.

29. bodoques: raised embroidery on the white embroidered cloth.

Javier Marías (pp. 29-33)

Gualta

1. William Wilson: the eponymous hero and narrator of a short story by Edgar Allan Poe is followed around from boyhood by a strange whispering twin of himself, also called William Wilson, who pops up out of the blue and foils all his attempts at cheating, seduction and other debauchery until he finally kills him – and then realises he has killed part of himself. Dorian Gray is the hero of Oscar Wilde's novel, *The Portrait of Dorian Gray*, whose portrait ages and shows all the decrepitude of Gray's dissolute lifestyle, while he remains young, healthy and attractive. In R.L. Stevenson's novel, *The Strange Case of Dr Jekyll and Mr Hyde*, Dr Jekyll takes a potion he made in his own laboratory, which turns him repeatedly into Mr Hyde – initially a very attractive man but one who, as the potion takes effect, turns into a beast.

2. los gemelos del cine: when the same actor plays twins in a film.

3. es un monumento: she's drop dead gorgeous.

4. de bandera: 'drop dead gorgeous', same as *ser un monumento*.

5. Español: *Real Club Deportivo Español* is a Barcelona football team, the one supported by the Spanish-oriented community; today the name is spelt in the Catalan way, *Espanyol*, and the club has made an effort to appear more Catalan; **Atleti** is *Atlético de Madrid*.

6. estomagante: unbearable, overbearing, a know-it-all.

7. carne de paredón: so hateful he should be shot (by firing squad, up against a wall, *paredón*).

8. foulards: silk scarf sometimes used as a cravat, less frequently a large silk handkerchief worn in the breast-pocket of a jacket.

9. injerto capilar: a hair graft, transplant, or woven-on insert.

10. soltaba tacos: *soltar tacos,* to swear; drop swear words into the conversation.

11. JPS: John Player Specials; cigarettes.

12. papillon: bow tie.

13. Príncipe de Vergara: a street in Madrid; **un quiosco:** a newspaper kiosk/stand.

14. Real Madrid: the favoured team of the Franco regime; **el Barça:** *Barcelona Futball Club,* the team supported by the vast majority of Catalan fans, during the Franco era one of the few ways of voicing oppposition to the regime.

15. baruchos del extrarradio: rough bars on the outskirts of Madrid.

José María Merino (pp. 34-43)

Imposibilidad de la memoria

1. dracena: dragon plant; a houseplant often with tubular flowers and always with leaves that look like the shape of a dragon's mouth.

2. ayatolas: ayatollah; a leader in the Shiite Islamic faith in Iran; **las ensoñaciones:** the dreams.

3. aberchales: a Castilianised version of *aberzale* or *abertzale,* Basque word used to describe different parties or social forces within the Basque independence movement.

4. El sueño de la razón: reference to a famous engraving by the Spanish painter Francisco de Goya y Lucientes, (1746-1828), *El sueño de la razón produce monstruos* (*The Sleep of Reason Produces Monsters*). Here the sleep of reason is taken advantage of by lucubrations (meandering philosophising without much value to it), which are both eccentric and stupid.

5. Don Ramón de la Cruz: a street in Madrid.

6. ir al carajo: 'to go to hell'.

Juan José Millás (pp. 44-50)

Los dedos

1. sonajero: rattle.

2. plumieres: *plumier* = pencil box with sliding lid.

3. canicas: marbles, made of glass.

Trastornos de carácter

4. aquejado de una sobredosis de fabada: suffering from an overdose of bean stew.

5. Simon y Garfunkel: singing duo; reunited for a free open-air concert in New York's Central Park in 1981, ten years after they split up, subsequently they embarked on a short world tour.

6. ramas laterales: lateral branches, i.e., no aunts, uncles, brothers, sisters, cousins.

7. una relación especular: i.e., they mirrored each other.

8. exhibicionistas: i.e., 'flashers', dirty old men in raincoats.

9. carrearme: *carrear*, a form of *acarrear*, to bring about.

Manuel Vicent (pp. 58-60)

Espejos

1. en nómina: *estar en nómina*, to be on the payroll.

2. removía cartapacios: *remover cartapacios*, to move or shuffle folders/ files.

3. escaleras y altillos: stairs and attic rooms.

4. bedeles: porters.

5. expediente: file/official document.

Sirvientes

6. Bruckner: Anton Bruckner (1824-1896); Austrian composer best known for his majestic late symphonies.

7. serial de sobremesa: soap opera broadcast at 3.30pm or 4pm, after lunch.

8. Dresden orchestra based in the Staatskapelle concert auditorium.

9. los metales: brass instruments.

10. contrapuntos: counterpoint, the simultaneous sounding of two or more melodies in a piece of music.

11. bata guateada: quilted dressing gown.

12. La Moraleja: prosperous district of Madrid.

13. arregla los plomos: he changes fuses.

14. Elías Canetti: (1905-), Bulgarian born writer of Sephardic (Spanish-speaking) Jewish family; winner of Nobel Prize for Literature, 1981.

15. Borges: Jorge Luis Borges (1899-1986); Argentinian writer, famous for intricate, fantastic short stories, regarded as a central figure by Latin American novelists and short-story writers.

16. tripas de res: animal offal.

17. en segunda fila: sitting in the car while double-parked.

18. Haendel: George Friederic Händel (1685-1759), German composer of opera, oratorio and a wide variety of orchestral pieces; here, the Concerto grosso in D minor.

19. putón: masculinised, whore or prostitute, the -ón suffix indicating disdain and vulgar enlargement.

Nupcias

20. los Jerónimos: a church of the Spanish-founded Hieronymite order (after St Jerome) of monks or nuns; a very traditional choice for a wedding.

21. bigotitos y cuellos de porcelana: little moustaches and porcelain necks; indicating pampered 'beautiful people'.

22. pamelas: wide-brimmed hats.

23. vástagos: scions; i.e., offspring of old (*raigambre* = roots) Catholic families. *Cristiano* almost always means Catholic as opposed to Jewish or Moorish when applied to aristocratic family lineage in Spain. When the Jews were expelled in 1492 and the Moors in 1507, *limpieza de sangre*, proof that there was neither Jewish nor Moorish blood in one's family was most prized; those who continued to practise the Jewish or Islamic faiths or were suspected of doing so were tried by the Inquisition and, if they refused to recant, burned as heretics in grandiose outdoor Church ceremonies called *autos-da-fé*.

24. el cuerpo místico: the mystic body of God; in the sense that the Holy Spirit is present at the sacrament of matrimony and in all subsequent acts of consummation, i.e., sexual intercourse between husband and wife.

25. la tarta: wedding cake.

Soledad Puértolas (pp. 61-70)

A la hora en que cierran los bares

1. Él cerraba el bar: He was always the last one to leave.

2. Candanchú: Ski resort in Huesca, Northern Spain.

Julio Llamazares (pp. 80-4)

Carne de ballena

1. DKW: *Das kleine Wunder*, the little wonder; a German automobile, a kind of minibus quite popular in the fifties in Spain.

2. Errol Flynn: (1909-1959); Australian-born Hollywood actor famous in swashbuckling roles.

3. coche de línea: the bus.

Esperando a Franco

4. noticiarios cinematográficos: *NoDo, Noticias y Documentales*, the State-run cinema news service; set up in 1942 under General Franco, it lasted until 1976, the year after his death.

5. General Franco died on November 20th 1975, after a very long illness during which there were frequent bulletins on radio and television as to his state of health.

6. ecomomato: the company store, of the mines.

7. In October 1934 the Socialist Party attempted a revolution against what were perceived as increasing fascist tendencies in the elected right-wing coalition government. This was successful only in Asturias where the miners went on strike and workers declared a Socialist Repubic defended by a 'red army' militia. Franco, then the youngest general in the army, was put in charge of quelling this revolution. The reputation for cruelty he acquired in this exercise gained him a great deal of respect among similar-minded army officers later, in Morocco, before the uprising which started the Spanish Civil War.

8. A nickname; the character Tarzan was created by Edgar Rice Burroughs (1875-1950), first appeared in the novel *Tarzan of the Apes* (1914) and subsequently in many Hollywood adaptations, the most famous of which is the 1930s and early 1940s series featuring former Olympic swimming champion, Johnny Weissmuller (1903-1984).

9. vivas a Franco: ¡Viva Franco!, a fascist salute with the right arm raised usually accompanied these greetings; it was similar to the 'Heil Hitler' Nazi greeting.

10. furtivo: a poacher.

11. tresmallos: fishing net made of three different nets.

12. anzuelo: hook.